당신에 감사드립니다

이해경시

신부 이태석

신부 이태석 톤즈에서 빛으로

교회 인가   2021. 11. 12.(서울대교구)
1판 1쇄 발행 2021. 12. 16.
1판 5쇄 발행 2022. 4. 10.

지은이 이충렬

발행인 고세규
편집 이한경 디자인 이경희
발행처 김영사
등록 1979년 5월 17일(제406-2003-036호)
주소 경기도 파주시 문발로 197(문발동) 우편번호 10881
전화 마케팅부 031)955-3100, 편집부 031)955-3200 | 팩스 031)955-3111

값은 뒤표지에 있습니다.
ISBN 978-89-349-9020-8 03810

홈페이지 www.gimmyoung.com   블로그 blog.naver.com/gybook
인스타그램 instagram.com/gimmyoung   이메일 bestbook@gimmyoung.com

좋은 독자가 좋은 책을 만듭니다.
김영사는 독자 여러분의 의견에 항상 귀 기울이고 있습니다.

톤즈에서
빛으로

신부 이태석

—

이충렬 지음

김영사

이태석 신부가 남기고 간 선물은 '사랑'

'인간 이태석'에서 '사랑의 선교 사제'가 되기까지

이태석 신부의 삶은 길지 않았다. 그러나 그가 남긴 흔적은 크고 깊다. 그는 세상에서 가장 가난한 이들 중에서도 아픈 이와 청소년을 끝없이 사랑한 사제였고, 수도자였으며, 선교사였다. 그리스도가 보여준 사랑을 이 세상의 가장 낮은 곳에서 실천하려 노력하고 또 노력했기에 그의 숭고한 사랑과 헌신 앞에 고개를 숙이는 이가 많다. 사랑이 메말라가는 세상에 살고 있기 때문일 것이다.

그는 인턴 과정을 마친 의사였지만 군의관 생활을 하면서 삶의 방향을 바꿨다. 결혼해서 가정을 꾸리면 가족에 대한 의무가 생겨 가난한 이들을 위한 의사가 되고 싶다는 자신의 꿈을 펼칠 수 없다고 판단했다. 그는 제대 무렵 전공의 시험에 원서를 냈지만 시험장에는 가지 않았다. 그 시각 천안 부근의 조그만 성당에서 무릎 꿇고 십자가를 바라보며 기도를 올렸다. 1990년 12월 5일이었다. 그는 제대 후 가난하고 불우한 청소년들을 교육하며 신앙 여정을 도와주는 천주교 살레시오회에 입회해서 수도자의 길을 걸었다.

1999년 여름, 로마 교황청립 살레시오대학교에 유학 중이던 그는 여름방학을 이용해 케냐와 탄자니아로 선교 체험을 떠났다. 한국 살레시오회에서 32년 동안 청소년 직업교육을 담당하다 수단으로 향한 공민호 수사의 권유를 받고서였다. 공 수사는 그에게 "한국에선 아이들이 책가방을 메고 학교에 가지만, 오랜 내전으로 죽음과 절망의 땅이 된 수단에선 넓적한 돌을 들고 간다"며 흙바닥이 교실인 야외 학교에서 돌을 의자로 사용하는 수단의 아이들에 관해 이야기했다. 이태석 신학생은 지구상에 아직도 그런 가난한 곳이 있다는 사실에 충격을 받고 선교 체험을 신청했다. 그러나 살레시오회에서는 내전 중인 수단은 신학생이 가기에 너무 위험하다며 케냐와 탄자니아 두 나라에서만 선교 체험을 하게 했다. 그러나 신의 섭리였던가. 그는 케냐 나이로비에서 선교 체험을 하던 중 인도 출신 제임스 신부를 만났다. 그가 수단에서의 선교 체험을 허락받지 못했다고 하자, 톤즈 선교의 개척자인 제임스 신부는 아프리카의 눈물을 알리려면 톤즈에 가봐야 한다며 살레시오회를 설득했다. 마침내 이태석 신학생은 케냐와 탄자니아에 이어 일주일 동안 톤즈에서 선교 체험을 할 수 있도록 허락을 받았다.

톤즈의 밤하늘은 아름다웠다. 그러나 해가 뜬 톤즈는 폐허 그 자체였다. 학교 건물은 폭격으로 존재하지 않았고, 배울 곳을 잃은 아이들은 삼삼오오 무리 지어 나무 그늘을 찾아다녔다. 너무 가난해 하루 한 끼조차 해결하기 힘든 곳이었다. 병원으로 사용하는 움막이 있었지만 의사는 없고 약도 몇 종류뿐이었다. 그는 자신이 이곳에 도움을 줄 수 있으리라 생각했다. 자신감에 찬 그는 제임스 신부를 따라 한센병 환자들이 격리되어 살고 있는 마을을 방문했다. 그러나 자동차에서 내리는 순간 그는 악취를 참지 못하고 빈 들판을 향해 달음질쳤다. 그리고 톤즈의 너른 벌판에서 의술만 믿고 가난한 이들을 위한 의사와 선교 사제가 되겠다던 생각이 틀렸음을 깨달았다. 가난하고 병든 이들과 함께하겠다는 마음이 먼저 필요했다. 그리고 그 마음은 그들을 진정으로 사랑할 때 우러나왔다. '인간 이태석'이 무너지고 '사랑의 선교 사제'로 다시 태어나는 순간이었다.

로마 신학교로 돌아온 그는 자신이 톤즈에서 말라리아에 걸려 왔음을 알았다. 그러나 오히려 자신은 이제 톤즈 사람들과 같아졌다며 기뻐했다. 그때부터 그는 톤즈의 선교 사제가 될 수 있도록 영적인 힘을 달라고 기도하면서, 사제로 서품되기도 전에 살레시오회 본부에서 모집하는 125차 선교사에 지원했다. 선교사 십자가를 받은 이태석 당시 부제(신부 이전 품계)는 뜨거운 눈물을 흘렸고, 그때가 자신의 생에서 가장 감격스러운 순간이었다는 기록을 남겼다. 그리고 1년 후, 그는 선교사 십자가를 목에 걸고 폐허의 땅, 지구에서 가장 가난한 곳 톤즈로 떠났다. 몇 년 동안 방문하는 선교사가 아니라 톤즈에 뼈를 묻는 선교사가 되겠다며 소속 관구도 동아프리카 관구로 옮겼다. 얼마 후에는 톤즈의 주민으로부터 딩카족 이름을 받아 진정한 톤즈 사람이 되었다.

이 책은 이태석 신부 생전에 설립한 (사)수단어린이장학회와 함께 준비한 '이태석 신부의 공식 전기傳記'다. 선종 10주기 기념사업의 일환이었으나, 코로나19 등으로 취재에 어려움이 있어 늦게 마무리하게 되었다. 그만큼 더욱 충실하게 이태석 신부 48년 삶의 여정을 복원하고자 최선의 노력을 다했다. 그가 소속된 살레시오회에서 제공한 자료, 이태석 신부의 생전 인터뷰, 이제까지 공개된 모든 자료와 동료 신부들, 어린 시절부터 대학 시절까지의 친구들, 톤즈에서 함께한 봉사자들의 증언을 바탕으로 이태석 신부의 발자취를 그려내고자 했다. 독자들이 이태석 신부의 삶을 통해 그가 보여준 '사랑'의 의미를 깊이 새겨보기를 바라는 마음 가득하다.

김영사에서 일곱 번째 책이다. 이번에도 흔쾌히 출판을 맡아주신 김강유 회장님과 고세규 사장님, 집필하는 2년 동안 격려와 조언을 해주신 김윤경 편집이사님과 임지숙 팀장님, 거친 원고를 좋은 책으로 만들어주신 이한경 책임편집자님, 멋진 표지와 디자인을 맡아주신 디자인팀 이경희 이사님께 깊은 감사를 드린다. 아울러 귀한 시간을 내서 추천사를 써주신 시인 정호승 선생님과 살레시오회의 '남수단 학교 100개 세우기' 사업에 동참한 인연으로 흔쾌히 추천사를 써주신 김연아 선수님께도 감사의 마음을 전한다.

이 책의 인세는 전액 (사)수단어린이장학회에 기부하므로 책을 구입하는 독자는 이태석 신부가 추구한 '사랑 나누기'에 동참하게 된다. 많은 독자가 함께해주기를 바라며, 이 책을 삼가 이태석 신부님의 영전에 바친다.

2021년 11월 이충렬

|차례|

저자의 글 | 이태석 신부가 남기고 간 선물은 '사랑' 4

I 길

전공의 시험장의 빈자리   12

26호집에서 태어난 아이   20

첫 번째 부르심   24

갈등 속에서   34

의사의 길   41

부르심 앞에서   45

수도자의 길   49

II 운명

돌멩이와 다이아몬드   62

살레시안으로   71

제안을 받다   82

운명적 만남   91

아! 톤즈   104

한센병 환자 마을에서   111

주여, 나를 보내주소서   122

선교사의 십자가   130

발을 씻어주시는 예수님   141

준비 또 준비   147

Ⅲ 사랑

주님, 알아서 하이소   152

동정 아닌 사랑으로   165

당신은 '마장딧'입니다   170

한센병 환자 발아래   176

음악과 함께   181

쫄리의 병원   189

1%를 향한 호소   194

슈크란 바바   201

희망을 짓다   213

씨앗을 뿌리는 마음   221

Ⅳ 약속

징후   228

암 진단을 받다   235

투쟁의 계곡   240

Everything is Good!   249

감사의 글   257

이태석 신부 연보   259

인터뷰 및 참고 자료   261

길

I

전공의 시험장의 빈자리

1990년 12월 5일. 대설大雪이 이틀 앞으로 다가와서일까, 부산만과 낙동강에서 불어오는 바람은 아주 차가웠다. 코트 깃을 세운 젊은이들이 하나둘 부산 지역 전공의(레지던트) 시험장인 동아대학교 의과대학 본과 강의실을 향해 발걸음을 옮겼다.

　육군 중위 만기 제대를 앞두고 있던 이태석 군의관도 두 달 전 전공의 시험에 원서를 냈다. 그는 외과 전공의에 지원했고, 시험에 합격하면 인제대학교 부산백병원에서 전공의 과정을 밟을 예정이었다. 그와 함께 외과 전공의에 응시한 인턴 중에는 인제대 동창인 이종기 군의관도 있었다. 이태석과 함께 인턴 기간을 보내다 입대한 그는 같은 시기에 군의관 생활을 하고 곧 제대를 앞두고 있었다.

　이종기는 시험 장소인 강의실로 들어갔다. 전공과목별로 시험을 치르기 때문에 강의실에는 외과 응시생 20여 명 정도가 이미 앉아 있었다. 이종기는 인턴 동기인 부산백병원 외과 수석 레지던트로부터 이태석도 지원했다는 이야기를 들은 터라 응시생들을 둘러보았다. 그러나 이태석은 보이지 않았다. 시계를 보니 시험 시작까지는 아직 10분 정도 여유가 있었다. 이종기는 책걸상이 붙어 있는 의자에 앉았다. 그러나 이태석은 시험이 시작될 때까지 강의실에 들어오지 않았다. 이종기는 다시 한번 강의실을 둘러보았지만 이태석의 모습은 찾을 수 없었다. 왜 시험을 보러 오지 않은 것일까. 그는 의아하게 생각하며 시험문제를 풀기 시작했다.

그 시간, 전공의 시험을 치르기 위해 특별 휴가를 받은 33유류지원대 군의관 이태석 중위는 시험장에 가는 대신 부대 인근 전의성당의 십자가 앞에서 혼자 무릎을 꿇고 기도하고 있었다. 전의성당은 부대에서 불과 100m 떨어진 곳에 있었다. 그는 33유류지원대로 부임한 1990년 6월부터 매일 아침 미사에 참례했지만, 군복이 아니라 사복 차림으로 다녔다. 당시 성당의 신자 수는 200명 정도였으나 아침 미사에 오는 신자는 많지 않았다. 전의성당 주임 황용연 신부는 40세로, 3년 전인 37세에 사제가 된 늦깎이 신부였다. 황 신부는 일요일 미사 때뿐 아니라 거의 매일 아침 미사에 참례하는 이태석을 주의 깊게 보았다. 그리고 그가 어쩌면 가톨릭 신자가 아니라 국가안전기획부(안기부, 국가정보원의 옛 이름)나 경찰 정보과 직원일지도 모른다는 생각을 했다. 가톨릭 신자들이 성당을 옮길 때 제출하는 교인 세례 증명서인 교적敎籍을 제출하지 않았기 때문이다.*

　1990년 여름은 시국이 어지러울 때였다. 이해 1월, 민주정의당 노태우 대통령과 통일민주당 김영삼 총재, 신민주공화당 김종필 총재가 정국 불안정을 해소한다는 명분으로 3당 합당을 추진하고 민주자유당(민자당)을 창당했다. 3당 합당으로 제1야당이던 김대중 총재의 평화민주당은 소수 야당으로 전락했다. 그해 여름은 통일민주당 소속 노무현 의원 등 다섯 명의 국회의원이 3당 합당을 거부하고 '꼬마민주당'이라는 별칭으로 독자 정당의 길을 걸을 때였다. 이즈음은 노태우 대통령이 1988년 7월 7일 '민족 자존과 통일 번영을 위한 대통령 특별 선언'(약칭 7·7 선언)을 하면서 그동안 조성했던 남북 화해 분위기가 크게 경색되는 시기이기도 했다. 국가보안법 위반자를 비롯한 시국 관련 구속자가 5공 때에 육박할 만큼 많아서 1990년에만 여름까지 2,000명에 달했다.

　황용연 신부는 노동자 처우 개선에 관심이 많았기에 성당 첨탑 옆에 확성기를 설치해 구속자를 석방하고 노동자를 탄압하지 말라는 방송을 하곤 했다. 황 신부의 이런 행동을 막기 위해 관계 기관에서는 밤에 몰래 확성기에 연결된 전깃줄을 끊고, 현수막도 훼손하곤 했다. 기관원이 일요일 미사 시간에 들어와 국가보안법 위반 발언을 하는지 감시하기도 할 때였으니, 젊은 신자가 거의 없는 시골 성당에 사복을 입고 매일 나타난 이태석 군의관은 기관원으로 오해받기 십상이었다. 점점 시간이 흐를수록 황 신부는 그가 기관원이라고 확신

●　2020년 5월 20일 황용연 신부의 증언.

하게 되었다.

황 신부는 일요일 미사가 끝난 후 이태석을 불렀다.

"형제님은 영성체하시는 걸 보니 신자이시고 매일 미사에도 참례하시는데, 아직 교적을 제출하지 않으셨습니다. 무슨 이유가 있으신 건지요?"

"아, 예, 신부님. 인사가 늦었습니다. 저는 소정리 기름부대에서 군의관으로 봉직하는 이태석 중위입니다. 어릴 때 부산 송도성당에서 유아세례와 견진성사를 받았고, 대학 시절에도 꾸준히 성당을 다니다 군에 입대했습니다. 제대하면 다시 부산으로 가기 때문에 교적 옮길 생각을 못 했습니다."

이태석은 부산 사투리와 억양이 담긴 말투로 자신을 소개했다. 목소리는 크지 않았다. 황 신부는 고개를 끄덕이며 알았다고 대답한 후 그를 배웅했다. 그러나 세상이 워낙 험악한 시절이라 그가 진짜 군의관인지 확인하고 싶었다. 며칠 후 황 신부는 가톨릭 신자인 33유류지원대 부대장에게 이태석이라는 군의관이 있는지 알아봐달라고 부탁했다. 다음 날 부대장은 황 신부에게 전화를 걸어 군의관이 맞다고 확인해주었다. 그때부터 황용연 신부는 신앙이 깊어 보이는 이태석을 눈여겨보기 시작했다.

황 신부의 눈길을 끈 건 일요일 미사가 끝나고 주일학교 청소년들과 어울려 노는 이태석의 모습이었다. 중·고등학교 시절 축구를 좋아했던 이태석은 그들과 어울려 웃통을 벗고 신나게 공을 찼고, 축구가 끝나면 피리를 불며 함께 노래하기도 했다. 황 신부는 자신을 포함해 나이 든 가톨릭 사제들의 부족한 부분이 청소년을 비롯한 젊은 세대와의 소통 부족이라고 생각하던 터였다. 그런데 마침 신앙심 있는 청년이 청소년들과 재미있게 어울리는 모습을 보니 사제가 되어 청소년 사목을 맡아주면 좋겠다는 생각이 들었다. 그러나 군의관에게 의사의 길을 접고 사제가 되지 않겠느냐는 말은 쉽게 할 수 있는 권유가 아니었다. 무엇보다도 이태석 군의관에게 사제나 수도자 성소˙가 있는지 중요했다.

얼마 후 황 신부는 다시 이태석 군의관을 불렀다.

"형제님, 지금 독신 장교 숙소에서 지내지요?"

"예, 신부님."

"지낼 만해요?"

"예, 그런대로 불편하지 않습니다."

"그동안 보니까 매일 아침 미사에 참례하던데, 힘들게 장교 숙소에서 혼자 지내지 말고 사제관에 들어와 살면서 부대로 출퇴근하면 어때요?"

"예?"

이태석은 전혀 생각지 않은 제안에 깜짝 놀라며 황 신부를 바라봤다. 호의는 고맙지만 혹시 사제관에 식복사˙˙라도 있으면 서로에게 불편할 수 있었다. 그때 황 신부가 말을 이었다.

"지금 사제관에는 제 노모께서 지내시며 밥을 해주고 계세요. 그

- 성소聖召는 부르심vocatio이라고도 하며, 거룩한 하느님의 부르심이나 선택을 뜻한다. 사제나 수도자로 부름받는 사제 성소, 수도 성소를 가리킨다. 개신교에서는 소명召命이라고 번역하기도 한다.
- •• 신부의 식사를 챙겨주는 주방 근무자.

런데 방이 세 개라서 하나 여유가 있고, 장교 숙소에서 먹는 게 집에서 하는 밥만 하겠어요? 어렵게 생각하지 말고 편하게 있어도 돼요."

이태석은 '집밥'이라는 소리에 귀가 솔깃했다. 그는 어린 시절부터 식성이 좋아 그릇에 밥이 수북이 올라오는 고봉밥을 먹곤 했다. 그랬던 그였기에 집밥도 먹을 수 있고, 성당에 다니기도 편하겠다는 생각으로 황 신부의 제안을 수락하며 몇 번이나 고맙다는 인사를 했다.

사제관은 성당 바로 옆에 있는 20평 남짓한 양옥집이었다. 황 신부는 반쯤 창고처럼 사용하던 방을 내줬고, 며칠 후 이태석은 이불 보따리와 가방 하나를 들고 사제관으로 들어왔다. 1990년 7월이었다. 그때부터 그는 황 신부의 어머니가 해주는 아침밥을 먹고 부대로 갔고, 저녁에 오면 다시 한번 따뜻한 밥을 먹었다. 그는 시골 성당의 살림이 넉넉지 않다는 걸 알기에 월급날이면 쌀값과 반찬값을 신부님께 드렸다.

황용연 신부는 기도를 하며 계속해서 이태석 군의관을 지켜보았다. 보면 볼수록 욕심이 났다. 쉬운 권유는 아니지만, 자신이 길을 열면 결정은 하느님이 하실 거라고 생각했다. 그리고 어느 여름날 저녁, 이태석과 식사를 마친 후 숭늉을 마시며 물었다.

"형제님, 혹시 신부가 될 생각은 안 해봤어요?"

이태석은 잠시 고개를 숙이더니 작은 목소리로 대답했다.

"신부님, 저도 어린 시절에는 성소가 있었습니다. 그러나 지금은 신부가 될 생각이 없습니다."

당시 전의성당과 황용연 신부
성당 오른쪽 집이 사제관이다.

황 신부는 그에게 한때 성소가 있었다는 대답에 깜짝 놀랐다. 한편으로는 '그러면 그렇지……. 군대에 와서도 이렇게 열심을 낼 정도면 신앙의 깊이가 보통이 아닌 건 틀림없다'고도 생각했다.

"사실 의대 다닐 때는 공부하느라 바빠서 신앙생활을 제대로 하지 못했고, 그때 성소를 완전히 잃었습니다."

"그러면 이제부터라도 다시 찾으면 되지 않습니까?"

"어머니께 불효하고 싶지 않습니다."

이태석의 목소리는 단호했다.

"어머니가 반대를 하시나요?"

"그건 아닙니다."

이태석은 뭔가 더 이야기하려는 듯 입술을 달싹였지만 이내 말을 잇지 못했다. 황 신부는 포기하지 않았다.

"그런데 왜 어머니에게 불효라고 생각하는 거지요?"

이태석은 잠시 고개를 숙였다. 그리고 조금 생각하다가 조용한 목소리로 대답했다.

"신부님, 제가 편모슬하의 10남매 중 아홉째입니다. 그런데 둘째 형님이 이미 사제의 길을 걷고 계십니다. 어머니는 신앙심이 깊으시지만, 형님께서 사제의 길을 가겠다고 했을 때 많은 눈물을 흘리셨습니다. 그런데 어떻게 저까지 어머니 눈에서 눈물이 나게 하겠습니까. 저는 의사가 되어 가난한 사람들을 위해 할 수 있는 일을 찾겠습니다⋯⋯."

황용연 신부는 아득한 눈길로 이태석을 바라봤다. 그리고 이미 한 아들을 하느님께 바친 어머니에게 불효하기 싫어 성소를 포기한 그의 심정을 이해했다. 이태석은 자리에서 일어나 황 신부에게 인사하고 자신의 방으로 들어갔다.

26호집에서 태어난 아이

송도 바다가 내려다보이는 부산시 서구 남부민동 언덕에는 함석지
붕으로 된 17평짜리 주택 50채가 다닥다닥 붙어 있다. 천주교인들
이 입주해 산다고 해서 '천주교 주택'이라 불리는 이곳은 1961년,
부산교구* 부주교이자 중앙성당 주임이던 장병화 신부**가 오스
트리아 가톨릭 부인회(당시에는 오지리 부인회라고 불렸다)의 도움으로 지은
주택단지이다. 1950년대 말부터 장병화 신부가, 당시 독일에 유학
하면서 오스트리아 가톨릭 부인회와 긴밀한 관계를 맺은 대구교구

• 교구敎區는 가톨릭교회를 지역으로 구분하는 기본 단위이다. 교회 행정상의 구역으로 주
　교가 관할한다.
•• 1968년 주교품을 받아 제2대 마산교구장이 되었다.

남부민동 천주교 주택

이태석 신부는 1962년, 김수환 신부의 도움으로 건립된 천주교 주택 26호집에서 태어났다. 그로부터 39년 후인 2001년 6월 24일, 이태석 신부는 김수환 추기경에게 살레시오회 사제 서품을 받았고, 그해 10월 아프리카 수단 톤즈에 선교 사제로 떠났다.

의 김수환 신부(훗날 추기경)와 오스트리아 출신 루디(한국명 서기호) 신부를 통해 추진한 사업이었다.

1950년대 말, 부산은 6·25전쟁 때 몰려온 피란민들이 그대로 눌러앉아 30만이던 인구가 100만 명을 훌쩍 넘었다. 부산을 에워싸고 있는 산 위로 판잣집과 천막집이 계속 들어섰고, 장병화 신부가 주임으로 있는 중앙성당 신자 대부분도 그곳에서 살았다. 이태석 가족도 6·25전쟁 때 부산으로 내려왔다가 눌러앉은 피란민이었다.

1960년 3월, 오스트리아 가톨릭 부인회에서 부산의 난민 주택 건립 사업을 위해 7만 달러(현재 가치 100만 달러, 한화 12억 원 이상)를 보내기로 결정했다. 장병화 신부는 그 돈으로 땅값이 싼 남부민동 언덕에 50채의 주택을 지을 땅을 구입해 이듬해에 완공했다. 그러나 50채는 당시 성당 신자 중 판잣집이나 천막집에 사는 가구 수에 비하면 턱없이 적었다. 어쩔 수 없이 장병화 신부는 표 뽑기 추첨으로 입주자를 결정했다. 당시 중앙성당 신자이던 이태석의 부모 이봉하·신명남 부부도 추첨에 참여해 26번이 적힌 표를 뽑았다. 1962년 2월 초, 부부와 8남매는 남부민동 천주교 주택 26호인

17평 함석지붕 집으로 이사를 했다.

1962년 9월 19일, 천주교 주택 26호에서 사내아이의 울음소리가 들렸다. 이봉하와 신명남 부부 사이에서 태어난 아홉 번째 아이이자 셋째 아들이었다. 아버지는 셋째 아들의 이름을 '태석泰錫'이라고 지었다.*

부산교구는 천주교 주택이 완공된 후, 언덕 위에 남부민성당(현재 송도성당)을 지었다. 피란 왔다가 부산에 눌러앉은 이들이 늘어나면서 중앙성당에 신자가 넘치자 천주교 주택이 있는 남부민동에 성당을 새로 건립한 것이다. 첫 미사는 1961년 12월 25일, 700명의 신자가 참석한 가운데 열렸다. 남부민성당은 이태석이 태어난 해인 1962년 송도성당으로 이름을 바꿨고, 7월에 독일계 미국인 소 알로이시오(한국명 소재건, 미국명 알로이시오 슈워츠Aloysius Schwartz) 신부가 2대 주임신부로 부임했다.

> 내가 사목하고 있던 송도성당 신자들은 가난한 사람들 가운데서도 가장 가난한 사람들이었다. 많은 사람들이 이북에서 온 피란민이었는데, 그들은 하루 벌어 하루 먹고사는 생활을 하고 있었다. 천주교에서 주택 사업으로 성당 가까운 곳에 지은 40채(50채의 착오)의 집을 빼고 나면 대다수 사람들은 벌집처럼 달라붙은 밀폐된 판잣집에서 살고 있었다.
> _ 소 알로이시오, 《가장 가난한 아이들의 신부님》(책으로여는세상, 2009, 136∼137쪽)

• 4년 후인 1966년 막내아들 태선이 출생해 모두 4남 6녀의 10남매가 되었다.

송도성당 앞에 선 소 알로이시오 신부

이태석은 태어난 지 석 달이 조금 지난 1962년 성탄절에 어머니의 팔에 안겨 송도성당에 갓 부임한 소 알로이시오 신부에게 유아세례를 받았다. 세례명은 '요한'이었다. 당시 천주교 주택에 사는 50호 가구는 모두 송도성당을 다니면서 열심히 신앙생활을 했다. 그 결과 26호집의 둘째 아들 이태영은 꼰벤뚜알 프란치스코 수도회 사제, 셋째 아들 이태석은 살레시오회 선교 사제가 되었다. 35호집에서는 오창일·오창열 형제가 부산교구 신부가 되었고, 50호집의 김해걸은 평신도로서 30년간 교회와 부산의 가난한 이들에게 봉사한 공로로 '교황 십자훈장'을 받았다. 우리나라에서 멀리 떨어진 오스트리아 가톨릭 부인회의 성금으로 지은 천주교 주택단지가 신앙의 못자리가 된 것이다.

첫 번째 부르심

누나들의 귀여움을 받고 자란 태석은 여섯 살 때 집에서 15분 정도 거리의 남부민초등학교에 입학했다. 학생은 많고 교실 수는 부족해 오전반과 오후반으로 나눠 2부제 수업을 하던 시절이었다. 한 교실에 80~90명의 학생이 빽빽하게 놓인 책걸상에 앉아 수업을 들어 "콩나물시루 같은 교실"이라는 말이 생겨날 정도였다.

태석은 초등학교 1학년 때 첫영성체를 했다. 가톨릭에서 첫영성체는 일곱 살 이후의 어린이가 영성체의 의미에 대한 적절한 교육을 받은 뒤, 처음으로 성체(축성된 제병祭餠 혹은 '빵')를 받아 모시는 것을 뜻한다. 때 묻지 않은 어린 신앙인에게 주님이 찾아오시는 의미 깊은 예식이어서 친척과 지인들이 다 함께 모여 축하해주고, 가톨릭 관습에 따라 오른손에는 초, 왼손에는 꽃을 들고 행렬한다.

1969년 8월 15일 첫영성체

현재 알려진 것 중 이태석 신부의 가장 어릴 때 사진. 맨 오른쪽에 꽃다발과 촛불을 들고 있는 소년이 훗날의 이태석 신부이다. 가운데는 당시 송도성당 박태산 주임신부, 맨 왼쪽이 전 데레시다 수녀, 이태석 뒤에 있는 소년이 대학 시절까지 깊은 우정을 나눈 친구인 박임수이다.

태석은 첫영성체를 한 후 주일학교에서 어린이 성경 공부를 했다. 수녀님들은 태석을 세례명인 요한이라고 불렀다. 당시 송도성당에서는 올리베따노 성베네딕도 수녀회*의 수녀님들이 주일학교 어린이들에게 교리와 성경을 가르쳤다. 어린 태석의 머릿속에 모세, 아브라함, 다니엘 같은 성경 속 인물들이 한 명 두 명 들어오기 시작했다.

• 1964년 이해인 수녀가 입회한 수녀회이다.

1970년 1월, 태석은 큰 슬픔에 잠겼다. 집안의 기둥이던 아버지가 지병으로 세상을 떠난 것이다. 여덟 살의 어린 태석은 아버지의 부재 앞에서 대성통곡했고, 아버지가 용호동 천주교 묘지에 안장된 후에도 한동안 슬픔을 가누지 못했다. 어머니도 상심이 컸지만 아이들의 교육과 생계를 책임져야 한다는 절대 과제 앞에서 마냥 슬퍼할 수만은 없었다. 어머니는 부산 자갈치시장에서 낮에는 옷 장사를 하고 밤에는 삯바느질을 했다. 어머니가 아침 일찍 나가 밤늦게 돌아오면서 집안일을 할 시간이 없자, 태석은 누나들을 도와 청소와 빨래를 했다. 누나들이 저녁밥을 지으면 꼭 엄마 밥 한 그릇을 따로 담아 아랫목에 넣어놓았다. 설거지도 곧잘 했는데 어머니가 자주 사용하는 그릇과 그러지 않은 그릇을 구분해 정리했다. 빨래도 깨끗이 해서 빨랫줄에 가지런히 널었고, 양말에 구멍이 보이면 누나들에게 꿰매어달라고 하지 않고 바늘과 실을 가져다 스스로 해결했다.*

천주교 주택은 그나마 거주환경이 좋은 편이었지만, 남부민동은 가난한 산동네였다. 1960년대의 부산은 서울보다 가난한 사람이 많았다. 국제시장 부근에는 빈 지게를 지고 심부름 일감을 기다리는 남자들이 수두룩했다. 많은 사람이 먹여주고 재워주기만 하면 월급을 주지 않아도 일하겠다고 나섰지만, 그런 자리조차 쉽게 구하지

---

* 아버지의 별세와 어린 시절 부분은 〈우먼센스〉 2011년 2월호에 실린 어머니 신명남 여사의 인터뷰 기사와 어린 시절을 함께 보낸 송도성당 친구와 후배들의 증언을 참고해서 재구성했다.

못했다. 시내 곳곳에는 망태를 메고 거리에 버려진 빈 병이나 깡통, 구리줄, 못 따위의 쇠붙이를 찾아다니는 넝마주이가 2,000명이 넘었다.

태석이 다니던 남부민초등학교에는 '소년의 집'에서 오는 학생들도 있었다. 소년의 집은 1969년 소 알로이시오 신부가 송도성당 주임 자리에서 물러난 후 세운 시설이었다. 소 알로이시오 신부는 남부민동 옆 암남동(현재 감천로 237)에 소년의 집을 짓고, 문제를 일으켜 '영화숙'이라는 시설에 수용되었던 7~12세의 이른바 불량소년 300명을 받아들여 본격적인 소년 교화와 교육 사업을 시작했다.

그러나 소년의 집은 아직 초창기여서 부족한 부분이 많았다. 소년의 집에서 등교하는 학생들은 교복을 제대로 빨지 못해 지저분했고, 거리에서 부랑아 생활을 했던 아이가 많아 말도 거칠었다. 일단은 탈선이나 싸움을 방지하는 게 급선무였고, 재정이 부족해 학교에 가는 원생들에게 도시락을 싸주거나 교복을 깨끗하게 관리해줄 형편이 못 된 것이다. 그래서 일반 학생들은 소년의 집 원생들과 친구하기를 꺼렸다.

초등학교 3학년이던 태석은 그들을 볼 때마다 안쓰러운 생각이 들었지만, 거친 말을 입에 달고 다니는 그들과 친구 할 용기는 나지 않았다. 그러다 주일학교에서 "가장 보잘것없는 형제 한 사람에게 해준 것이 곧 나에게 해준 것과 같다"(《마태오복음》 25장 40절)라는 성경 구절을 들은 후부터 태석은 용기를 내 같은 반에 있는 소년의 집 원생 영수에게 다가갔다. 태석이 사는 26호집은 남부민초등학교와 소년의 집 중간에 있어 가끔 그와 함께 걸어갈 때가 있었다.

이태석 신부의 어린 시절

"태석아, 니는 와 내랑 같이 가노? 내가 불쌍해 보이나? 와 내랑 같이 가는데?"

"아니다, 영수야. 나는 그런 생각 하지 않는다."

"다른 애들은 다 나를 피하는데 니는 와 내랑 같이 가는데?"

"우리 집이 소년의 집 가는 중간에 있다."

"느그 집은 어딘데?"

"천주교 주택이다."

"천주교 주택이면 좋은 데 사네?"

"집은 있지만 아버지가 안 계셔서 가난하다."

"돌아가셨나?"

"작년에 돌아가셨다."

"나는 고아다. 아버지 어머니를 불러본 기억도 없고 얼굴도 생각이 안 난다."

태석은 어떻게 영수를 위로해야 할지 몰라 땅만 보고 걸었다.

"사실 내가 말을 험하게 하고 욕을 하는 건 기죽기 싫어서 그러
는 거다."

태석은 말없이 영수의 이야기를 들었다.

"나도 안다. 옷도 너덜너덜하고 몸에서 냄새나는 거……. 그래
도 소년의 집은 전에 있던 영화숙보다는 좋아서 이렇게 학교를 다
니게 해주는데, 다른 애들이 무시하는 건 참기 힘들다. 그래서 자꾸
욕이 나온다. 애들이 내가 도둑질해서 영화숙에 끌려갔다가 소년의
집으로 온 거 다 안다고 생각하면 나도 내가 창피하고 수치스럽다.
사실 나는 너무 배가 고파 가게에서 빵과 과자를 훔친 죄밖에 없다.
태석이 니는 모를 거다. 배고픈 게 얼마나 참기 힘든 건지……."

그 후로 태석은 소년의 집 근처를 가끔 돌아보았다. 연민과 사랑
이 솟았지만 어린 그로서는 영수의 배고픔을 해결해줄 수가 없었다.
그 대신 집에서 바늘과 실을 챙겨 영수의 찢어진 바지를 기워주었다.

태석은 이때 자신도 커서 소년의 집을 만든 소 알로이시오 신부
님 같은 신부가 되어 불쌍한 아이들을 돌보며 살고 싶다는 생각을
했다. 그가 처음으로 느낀 '부르심'이었다.•

• 이태석 신부는 〈살레시오가족지〉 99호(2009년 11·12월) 인터뷰 기사 '보잘것없는 형
  제 한 사람을 찾아 나선 길'에서 이렇게 말했다. "어릴 적에는 집 근처 성당에서 거의 살
  았어요. 복사 서고, 새벽 미사에 매일 참석하면서 자연스레 신부님의 모습을 보았고, 그
  모습을 대하면서 신부님이 되어야겠다는 꿈을 키웠죠. 초등학교 2학년 때인지 3학년 때
  인지 '가장 보잘것없는 형제 한 사람에게 해준 것이 곧 나에게 해준 것과 같다'는 성경
  말씀이 가슴에 와닿았어요. 성경 말씀대로 살고 싶었어요. 아마 그때 처음으로 사제가
  되고 싶다는 생각을 구체적으로 했던 것 같습니다."

태석은 학교가 끝나면 언제나 문이 열려 있는 성당으로 가서 뒷마당으로 달려갔다. 수녀님들은 동네 아이들을 귀찮아하지 않고 사랑스러운 눈길로 바라보며 성당 뒷마당이 아이들의 신앙이 자라는 못자리, 더 나아가 성소의 못자리가 되기를 기도했다.

태석은 성당 뒷마당에서 동네 친구들과 뛰어놀다가 수녀님이 풍금을 치는 소리가 들리면 자신도 모르게 눈을 감고 귀를 기울였다. 태석의 몸속에 음악의 피가 흐르고 있던 것일까. 건반 소리를 따라 흐르는 성가 곡조에 태석은 마음 깊은 곳에서 곡을 연주하듯 건반을 두드렸다. 시간이 지날수록 태석은 실제로 풍금을 쳐보고 싶다는 생각이 강렬하게 들었다.*

태석은 학교에서 돌아오면 수녀님에게 성당 안에 있는 풍금을 치도록 허락받았다. 그리고 성가집을 교본 삼아 스스로 풍금 치는 연습을 했다. 오후 5~6시쯤 되면 늦은 햇살이 풍금 위로 비스듬히 들어오며 태석의 얼굴을 비추었다. 햇살이 눈부셔 태석이 고개를 들면 제대 위에 있는 십자가의 예수님과 시선이 마주치곤 했다. 태석은 자신의 얼굴을 비추는 것이 그저 햇살이 아니라 예수님의 눈길인 것 같다는 생각을 했다. 그럴 때마다 그는 예수님의 자애로운 눈

---

* 부산 송도성당 친구인 최장승은 2020년 3월 진행한 인터뷰에서 다음과 같이 회고했다. 그는 어릴 때 이태석 신부와 함께 성당에서 복사를 섰다. "그 당시 학창 시절의 친구 관계는 모두 성당에서 이루어졌습니다. 모든 놀이의 중심도 성당이었습니다. 특히 송도 본당은 가난한 동네였는데, 어려운 환경에서도 신앙심이 높아서 동기 대부분이 복사단이나 성가대 등에서 함께 활동했습니다. 평일 미사에는 서너 명이 복사로 섰는데 서로 복사를 하려고 하면 태석이가 복사 서는 것을 친구들에게 많이 양보했습니다. 또 음악 면에 재능이 있어서 성당에서 수녀님이 풍금 치는 것을 보고 감각적으로 배우더니 풍금을 스스로 터득해나갔습니다."

풍금 연습을 하던 송도성당

빛에서 돌아가신 아버지 모습을 떠올리곤 했다.* 태석은 그렇게 스
스로 풍금을 연습했고, 몇 달 후엔 어린이 미사 반주를 할 수 있을
정도로 실력이 향상되었다.

풍금에 익숙해진 태석은 이때부터 풍금을 치면서 〈성탄〉, 〈작은
별〉, 〈둥근 해〉와 같은 동요를 작사·작곡했다.

주-여, 굶주리는 이들을 보소서

이 기쁜 성탄날에도 추워 떨고 있어요

아기 예수여, 그들을 위로하소서

그들도 어린 당신을 생각합니다

_ 이태석 작사·작곡, 〈성탄〉

• 이태석,《친구가 되어 주실래요?》(생활성서사, 2009, 33~34쪽) 참고.

밤을 펼치는 별들의 나라들 아-
노랑 빨강빛 좋은 옷을 입고 서로들 뽐내세
저기 저쪽 저편에 홀로이 외로운 별 처량타
무슨 슬픈 일 있었나, 나만 살짜기 얘기해줘 얘기해줘

_ 이태석 작사·작곡, 〈작은 별〉

둥근 해가 떠오른다 / 온 세상이 모두 밝아지누나
희망에 찬 새 아침 / 밝은 아-침을
저 멀리서 수평선 / 수평선에서

_ 이태석 작사·작곡, 〈둥근 해〉

    1973년, 초등학교 5학년이 된 태석은 남부민동에 새로 생긴 천마초등학교로 전학을 갔다. 태석은 여전히 어린이 미사 때 반주를 했고, 주일학교에 가서 열심히 성경을 공부했다. 수녀님들은 가끔 일요일 저녁에 주일학교 어린이들을 모두 모아놓고 신앙심에 도움이 되는 영화를 보여줬다. 선지자 모세의 이야기나 신앙심이 깊었던 아브라함 이야기, 다니엘이 사자와의 대결에서 이기는 이야기 등 성경 속 인물들이 주인공인 어린이용 영화가 대부분이었지만, 가톨릭 성인의 일생에 관한 영화도 있었다. 하루는 하와이 몰로카이섬에 들어가 16년 동안 그곳에 격리된 한센인들을 돌보다가 본인도 같은 병에 걸려 49세에 선종한 다미안Damien de Veuster(1840~1889) 신부의 일대기를 다룬 영화를 관람했다. 태석은 영화를 보고 나오면서 둘째 형인 태영에게 말했다.

"형아, 나도 나중에 크면 신부가 되어 다미안 신부님 같은 삶을 살고 싶다."

"너도 그런 생각을 했나? 나도 같은 생각을 했다."

"형아, 그럼 우리는 형제 신부가 되는 거가?"

"그래, 우리 둘 다 신부님이 되어 가난한 사람들을 돌보면서 살자."

"알았다. 성당에 가면 우리 형제가 좋은 신부님이 되게 해달라고 기도해야겠다."

태석은 다미안 신부의 영화를 본 후로 사제의 꿈을 더욱 굳건히 했다.*

---

* 관련 내용은 2011년 1월 25일 〈조선일보〉에 실린 이태석 신부의 둘째 형 이태영 신부 인터뷰 기사를 바탕으로 재구성했다.

갈등 속에서

1975년, 열세 살 소년이 된 태석은 대신중학교에 입학했다. 송도성당
에서는 중등부 활동을 열심히 했다. 운동을 좋아해 성당 뒤편 2층 회
의실에서 탁구를 치거나 뒷마당에서 축구를 했다. 크리스마스가 가
까워지면 성탄극 연습에 바빠서 기타를 치며 친구들과 함께 성가집
에 있는 곡들을 열심히 불렀다. 대신중학교 음악 선생님은 그의 음악
적 재능을 알아보고 방과 후 태석에게 독창을 가르쳐주기 시작했다.

태석은 독창 연습을 꾸준히 해 부산시 교육청에서 해마다 여는
음악경연대회 성악 부문에서 장려상을 받기도 했다. 그 덕에 중학교
3학년이 된 태석은 아침 조회 시간에 단 위에 올라가 애국가를 지휘

• 2020년 4~6월 이태석 신부의 송도성당과 대신중학교 후배 이승태의 증언.

중학교 1학년 때 성당 입구 성모상 아래에서
뒷줄 가운데가 이태석 신부, 그 앞 체육복을 입은 학생이 부산교구 오창열 신부이다.

했다. 그의 음악적 재능을 인정한 음악 선생님이 태석에게 변성기가
오자 작곡하는 법을 체계적으로 가르쳐주면서 지휘를 할 수 있게
해준 것이다. 태석은 꾸준히 작곡을 연습했고, 이해 11월 말에는 부
산시 교육청의 음악경연대회 작곡 부문에서 우수상을 받았다.

1978년 태석은 고등학교에 입학했다. 태석의 무대는 성당 뒷마
당에서 2층 회의실로 옮겨졌다. 회의실은 고등부 회합과 중등부 회
합을 하는 장소였다. 태석은 그곳에서 선후배와 어울려 함께 공부도
하고, 쉬는 시간엔 노래도 불렀다. 종종 기타를 치며《청소년 청년
성가집》의 성가를 불렀는데, 그럴 때면 중학생 후배들이 그의 곁에

모여들곤 했다. 태석은 후배들이 어느 정도 성가에 익숙해지자 화음을 가르쳐주었고, 기타를 배우고 싶어 하는 후배들에게는 기타 코드를 일일이 적어 설명해주었다. 태석은 고등학생이었지만 중학교 때부터 성당의 성인부 성가대원이었기에 성가집에 있는 곡을 바로 기타로 칠 수 있었다.*

고등학교 1학년 겨울, 두 살 터울의 둘째 형 태영이 갑자기 어머니 앞에 무릎을 꿇었다. 이듬해 고등학교를 졸업하면 신부가 되기 위해 수도회에 들어가겠다며 허락을 구했다. 형이 혼자서 성직자의 꿈을 키워왔다는 것은 어머니는 물론 태석도 그때 처음 알았다. 어머니는 신부가 되겠다는 둘째 아들을 처음에는 말렸다.** 그러나 결국 자식의 고집을 꺾지 못한 어머니가 눈물로 형을 떠나보내는 것을 보면서 태석은 어릴 때부터 간직해온 성소가 흔들리는 것을 느꼈다. 가끔 성당 부근 전봇대에서 성소자聖召者를 모집한다는 수도회의 전단지를 보면, 수도자가 되어 가난한 이들과 함께하는 자신의 모습이 떠올라 가슴이 뛰곤 했다. 하지만 등록금 걱정하지 말고 공부 열심히 해서 좋은 대학 가라고 격려해주시는 어머니에게 다시

• 이태석 신부의 송도성당 후배인 이승태는 2020년 4~6월간 진행한 인터뷰에서 다음과 같이 회고했다. "신부님은 특히 화음 넣기를 좋아하셔서 아무 노래나 즉흥적으로 화음을 만들어 부르셨습니다. 성가집을 한번 펴면 기타를 치며 마지막 페이지까지 성가를 부르셨는데, 저는 화음을 넣으니까 너무 좋아서 시간 가는 줄 몰랐지요. 성가도 배우고 기타도 배우고, 신부님의 화음과 기타 주법을 개인적으로 따라 해가며 배웠습니다. 그리고 저녁이 되면 교실에서 함께 공부를 했는데, 집중력이 대단하셨습니다."
•• 〈우먼센스〉 2011년 2월호의 이태석 신부 어머니 인터뷰 기사 참고.

한번 상처를 줄 수는 없었다. 마음이 잡히지 않을 때면 태석은 학교에서 돌아온 늦은 오후 성당에 들러 기도를 한 후, 성당에서 천마산 쪽으로 지는 해를 바라보며 풍금을 치곤 했다. 태석이 풍금을 치면서 성가를 부르면 성당 마당에서 놀던 친구들이나 중·고등부 선후배들이 하나둘 성당 안으로 들어와 그가 부르는 성가에 귀를 기울였다. 태석이 음률과 가사에 자신의 고민을 담아냈기 때문이었을까. 친구와 선후배 모두 엄숙한 태석의 모습과 깊은 울림이 있는 그의 테너 목소리에 빠져들었다. 그러나 수도자의 꿈과 어머니의 눈물 사이에서 고민하는 태석의 마음을 아는 친구는 아무도 없었다.

태석의 갈등은 계속되었다. 신부가 되지 않으면 무엇이 될 것인가? 어떻게 하면 가난하고 소외된 사람들과 함께할 수 있을 것인가? 태석은 깊은 고민 끝에 의사가 되어 그들에게 의술을 베푸는 자신의 모습을 떠올렸다. 당시만 해도 국가 의료보험이 없을 때라 병원비가 없는 가난한 사람들은 몸이 아파도 치료받는 일이 요원하기만 했다. 그는 대학 병원에 들어가는 것이 아니라 가난한 동네에 개인 병원을 차려 형편이 어려운 사람들을 무료로 치료해주는 미래의 자신을 그려보았다. "가장 보잘것없는 형제 한 사람에게 해준 것이 곧 나에게 해준 것과 같다." 바로 의사가 되는 것이 성경 구절을 실천하는 방법이자, 신부가 아니어도 가난한 이웃과의 끈을 놓지 않으면서 하느님을 기쁘게 하는 삶이겠다는 생각이 들었다.•

• 〈살레시오가족지〉 99호(2009년 11·12월)의 이태석 신부 인터뷰 기사 참고.

1980년, 고등학교 3학년이 되어서도 의대에 가겠다는 태석의 결심에는 변함이 없었다. 마침 성당 고등부 회장직 임기가 끝나서 그는 밤늦게까지 자습실에서 친구들과 공부할 수 있었다. 하지만 그런 가운데서도 성당은 열심히 나갔다.

그러던 어느 날, 태석은 성당의 대학생 형들로부터 5월 중순에 광주에서 무장한 계엄군에 의해 많은 희생자가 발생했다는 이야기를 들었다. 당시 각 지역의 성당을 중심으로 퍼져나가던 5·18민주화운동에 대한 소식이었다. 비상계엄이 계속되며 언론을 통제했지만, 광주의 여러 성당에서는 '광주항쟁 진상 규명을 위한 시국 기도회'가 열렸다. 사제들은 자신들이 입은 수단(사제복)의 검은색은 이미 세상에서 죽고 하느님께 봉헌된 삶을 산다는 뜻이라며 두려워하지 않고 증언자로 나섰다. 무고한 광주 시민들이 공수부대의 총칼에 억울한 죽음을 당했다는 사제들의 증언은 인간의 존엄과 정의를 지키려는 일종의 봉화였다. 성당은 봉화대가, 신부들은 봉수군이 된 것이다. 부산은 한 해 전 유신 체제의 종말을 앞당긴 부마민주항쟁의 중심지로, 광주 못지않게 민주화에 대한 열망이 강한 도시였다. '광주의 진실'이 부산 천주교로 전달되는 데는 오랜 시간이 걸리지 않았고, 태석의 귀에도 들어가게 되었다.

태석은 작년 부마민주항쟁 때 광복동과 국제시장 부근에서 벌어진 시민·학생과 군인의 대치 상황을 떠올렸다. 당시에도 군인들에게 시민과 학생이 희생될 뻔한 일촉즉발 상황까지 가지 않았던가. 그런데 이번에는 셀 수 없는 사람들이 희생되었다니……. 태석은 무고한 희생에 슬픔과 함께 분노가 치밀어 올랐다. 그러나 고등학생인 그가 할 수 있는 일은 기도뿐이었다.

7월 중순, 태석이 저녁을 먹을 때였다. 텔레비전 9시 뉴스에서 "광주 사태의 진상을 고의적으로 왜곡하고, 허위 사실을 유인물로 대량 제작해 일반 시민들에게 유포한 광주대교구 신부 여덟 명, 서울대교구 신부 다섯 명을 연행해서 조사하고 있다"는 보도가 나왔다. 태석은 뉴스를 보자마자 그 내용이 거짓임을 알았다. 얼마 전 성당에서 대학생 형들과 '광주 사태, 어느 목격자의 증언'이라는 녹음 테이프를 함께 들었는데, 광주에서 얼마나 참혹한 일이 많았는지에 대해 직접 이야기하는 신부님들의 목소리를 들었기 때문이었다. 한 신부님은 "순수한 그리스도인의 양심에 입각해 이웃의 고통을 함께 나누며 진실을 세상에 알린다"고 분명하게 증언하기도 했다. 태석은 신부님들의 이야기를 믿었다. 그러자 더욱 열불이 나 가만히 있을 수가 없었다.

얼마 후 태석은 가사를 최대한 은유적으로 지어 〈기도 속에서〉라는 곡을 완성했다. 훗날 〈묵상〉이라는 제목으로 알려진 노래이다.

십자가 앞에 꿇어 주께 물었네
추위와 굶주림에 시달리는 이들
총부리 앞에서 피를 흘리며 죽어가는 이들을 왜
당신은 보고만 있냐고
눈물을 흘리면서 주께 물었네
세상엔 죄인들과 닫힌 감옥이 있어야만 하고
인간은 고통 속에서 번민해야 하느냐고

조용한 침묵 속에서 주 말씀하셨지
사랑, 사랑, 사랑 오직 서로 사랑하라고
난 영원히 기도하리라 세계 평화 위해
난 사랑하리라 내 모든 것 바쳐

이 곡으로 이듬해인 1981년 송도성당 고등부학생회 중창단은
부산교구 팝성가 경연대회에서 대상을 받았다. 같은 해 이태석 신부
의 친구인 오창열 당시 광주 대건신학대학교(현재 광주가톨릭대학교) 학
사(신학생)도 신학대학 환송 음악경연대회에서 이 곡을 불렀는데, 그
후 전국 신학대학으로 〈묵상〉의 음률이 퍼져나갔다.*

● 　오창렬 당시 신학생이 송도성당에 보낸 편지(1981년 12월 20일) 참고.

의사의 길

1981년 2월, 태석이 인제대학교 의과대학에 합격했다는 소식을 들은 어머니는 충무동 시장 한복 가게 주변 상인들에게 막걸리를 한 사발씩 돌리며 기뻐했다. 지인들은 부러운 눈길로 태석의 어머니를 바라보며 덕담을 건넸다.

"하이고! 태석 어무이는 의사 아들 둬서 좋겠다."

"태석 어무이는 이제 일 그만해도 되겠다. 내일부터 시장 나오지 마라. 하하하."

"아니다, 의대는 등록금이 비싸서 계속 일해야 한다."

"다섯째 딸도 돈 잘 벌고 큰아들도 번듯한 직장 다니는데 무슨 걱정이고. 여기 시장통에서 태석이 어무이 팔자가 최고다 아이가!"

시장 상인들은 맞장구를 치며 막걸리를 마셨고, 어머니는 의사

인제대 의대 실내합주단 활동

의료봉사

태석의 대학 생활은 공부의 연속이었다. 그래도 일요일에는 성당에 가려 노력했고, 여름방학 때는 성경학교 선생님, 부활절과 성탄절에는 성가대 활동을 했다. 그러나 본과에 진학한 후 4년 동안은 도서관에서 살다시피 하며 공부하느라 성당에 가지 못하는 일요일도 많았다. 인제대 의대 실내합주단Inje Medical Chamber, IJMC의 창단 멤버 중 한 명으로 처음엔 피아노를 하다가 첼로로 바꾸어 활동했다. 그는 여름방학 때 참가한 농촌 의료봉사를 대학 생활의 가장 아름다운 추억으로 꼽았다.

가 될 아들이 한없이 대견스러웠다.*

　예과 2년, 본과 4년의 대학 생활은 금세 흘러갔다. 의사국가시험에 합격한 25세의 청년 이태석은 졸업식을 마치고 1년간 인제대 부산백병원에서 인턴 과정을 밟았다. 그리고 1988년 3월 입대해 3사관학교에서 훈련받은 후 육군 군의관 중위로 임관했다. 첫 번째 근무지는 진부령 65포병대대였다. 2년간 근무한 후에는 충청남도 연기군 소정면 소정리 33유류지원대(약칭 33유지대 혹은 기름부대)로 전출되었다. 그리고 그곳 전의성당에서 마침내 황용연 신부를 만난 것이다.

　1990년 늦여름부터 황용연 신부는 이태석 군의관과 아침·저녁 식사를 함께 했다. 가끔 이태석에게 신부가 되면 잘할 것 같다며 말을 건네곤 했지만, 그는 자신까지 어머니 눈에서 눈물을 흘리게 할 수는 없고, 또 의대 다닐 때 공부하느라 바빠서 신앙생활을 거의 못 해 성소를 완전히 잃어버렸다고 대답했다. 그러나 황 신부는 포기하지 않았다. 혹시 그가 나이 때문에 주저하는 건지도 모른다는 생각에 자신도 3년 전인 서른일곱 살에 사제가 되었다며 그에게 사제가 되기를 끈질기게 권했다. 그래도 이태석은 완강하게 고개를 흔들었다.

　성소를 포기한 그였지만 하느님의 뜻을 따르는 의사가 되겠다는 각오에는 흔들림이 없었다. 그는 늘 "누구든지 내 뒤를 따라오려면 자신을 버리고 제 십자가를 지고 나를 따라야 한다"(《마태오복음》

●　2011년 1월 23일 〈가톨릭신문〉의 이태석 신부 어머니 인터뷰 기사를 바탕으로 재구성했다.

군의관 시절

진부령 포병대대는 깊은 산중이라 근처에 병원이 없었다. 부대 부근에 살던 장교 가족까지 아프면 의무대로 와서 진료를 받을 정도였다. 이태석은 일과 후 인근 마을을 찾아다니며 아픈 사람들을 진료했다. 이태석이 2년 근무를 마치고 후방 지원을 하자 대대 병사들이 그가 운동도 잘하고 인간성도 좋고 진료도 열심히 한다면서 후방으로 전출 가지 못하게 탄원했다는 일화가 전한다.

16장 24절)는 성경 구절을 마음에 품고 있었다. 이태석에게는 의사가 되어 가난하고 병든 사람을 위해 봉사하는 것이 자신이 짊어져야 할 십자가였다. 그래서 전방에 근무할 때도 동네를 다니며 아픈 이들을 치료했다. 가끔 틈을 내서 송도성당에 가면 중·고등부 후배들에게 "순간순간의 자기 십자가를 잘 지고 가야 한다"는 조언을 했다. 하루하루의 삶을 하느님께 의탁하고 봉헌하는, 신앙인다운 마음가짐을 강조한 것이다. 이태석은 비록 성소에서 멀리 떠나게 되었지만, 예수의 가르침대로 충실하게 살기 위해 노력했다.

부르심 앞에서

전의성당은 천안에서 20km 떨어진 전의면에 있는 조그만 시골 성당이었다. 그렇지만 충청도 지역은 조선 시대부터 병인박해가 일어날 정도로 천주교 신자가 많이 살았고, 그만큼 순교자가 많았던 지역이라 신앙심 깊은 가정이 여럿이었다. 그래서 전의성당 신자 가운데는 신학대학에 가서 신부가 된 이가 상당했고, 이태석이 왔을 때도 서울가톨릭대학교 성신교정 재학생이 세 명이나 있었다.

황용연 신부는 그때 성당 보수 공사와 조경 사업을 벌이는 중이었다. 성당 재정이 어려워 인부를 쓰는 대신 황 신부가 솔선수범해 직접 공사에 참여했고, 신학생들도 주말이면 고향에 내려와 성당에서 봉사를 했다. 이태석도 주말마다 삽자루를 들었다. 자연히 서울에서 내려온 신학생들과 함께 땀 흘리는 시간이 많아졌다. 그는 일이 끝나면 사제관에서 신학생들과 같이 저녁을 먹었고, 가끔 천안 터미널에 있는 볼링장에 들렀다가 맥줏집에서 이야기를 나누었다. 이태석은 신학생의 삶과 그들이 꿈꾸는 세상에 관한 이야기를 들었다.

그는 신학생들을 터미널에서 배웅하고 올 때면 상념에 젖곤 했다. '가정을 갖는다면, 아이들이 생긴다면, 그리고 아이들이 커서 학교에 간다면, 그때도 나는 의술이 아니라 인술을 베푸는 의사가 될 수 있을까?' 1990년 10월이었다. 그러나 그는 어머니의 눈물이 떠올라 마음을 정하지 못하고 부산에 내려가 신경외과 교수님과 상의한 후 12월에 있을 전공의 시험 원서를 제출했다. 그러나 시험 날짜가 다가올수록 마음이 흔들렸다. 가난한 산동네에서 병원비조차 없는 어려운 이들을 위해 계속해서 예수님의 말씀을 실천할 수 있을까? 이태석은 홀로 기도하는 시간이 많아졌다.

황용연 신부는 저녁을 먹은 후 그런 이태석에게 〈마태오복음〉 25장을 언급했다.

"형제님, 전공의 시험 원서를 내고 오셨지요? 〈마태오복음〉 25장은 헐벗고 굶주리고 외롭고 소외된 사람들에게 사랑을 베푸는 가르침을 주고 있습니다. 예수님은 가난하고 헐벗고 굶주린 이들을 또 다른 자신으로 보고 그들의 삶에 동반자가 되고 공감할 것을 말씀하셨습니다. 그런데 속세를 살면서 그들의 동반자가 되는 건 쉽지 않습니다."

이태석은 황 신부가 하는 말이 자신에게 신부가 되라는 얘기임을 알고 가만히 듣기만 했다.

"형제님, 예수님은 당신 제자들에게도 인간애를 갖도록 가르치셨습니다. 병자와 거지의 동반자가 되어 그들의 삶에 공감할 것을 주문했습니다. 공감하지 못하면 제 성처럼 말짱 '황'입니다. 하하하."

황 신부는 어떻게 예수님처럼 가난한 이들과 함께할 것인지, 어떻게 사람을 바라보는 따뜻한 마음을 가질 것인지에 대해 이야기하면서 웃었지만, 이태석은 그 웃음소리가 자신의 가슴을 쿵쿵 치는 것처럼 들렸다. 황 신부는 자신을 위해 사는 삶과 하느님을 위해 사는 삶이 다르다면서 그의 성소에 불을 지폈다. 하루는 어머니의 생각을 짐작하지 말고 직접 상의해보라는 조언도 했다.

날씨가 유난히도 춥던 어느 날 이태석은 성당에서 기도를 올렸다. 그때 아침 햇살이 유리창 너머로 들어왔다. 그 순간 오후마다 햇볕 아래서 풍금을 치던 어린 시절의 모습이 떠올랐다. 지금도 하느님은 자신을 기다리고 계실까. 당신의 부르심에서 멀리 떠나온 자신을 옆에서 바라보고 계신다는 생각이 들자 저도 모르게 눈물이 흘렀다.

그리고 시간이 지날수록 그런 느낌이 점점 강렬해졌다. 신학생들과 이야기할수록 그들의 굳건한 신앙이 부러운 동시에 자신도 그런 삶을 산다면 늘 어딘가 모르게 한구석 비어 있는 마음이 꽉 찰 것만 같았다. 그는 자신의 마음속에 있는 공허함을 채울 수 있는 건 하느님의 사랑뿐이라는 확신을 갖기 시작했다. 그렇게 기도하기를 며칠, 더 이상 멀리 가면 안 되겠다고 마음을 굳혔다. 의사의 길이 아니라 사제의 길을 걷기로 결심했다. 봉사의 삶이 아니라 함께하는 삶을 선택한 것이다. 그리고 어머니의 눈물은 하느님께서 닦아주시길 간절히 기도한 후 전공의 시험을 포기했다.

12월 5일, 황용연 신부는 이태석 군의관이 전공의 시험을 치러

가는 대신 성당에서 홀로 오랫동안 기도하는 모습을 바라보았다. 그리고 그가 훌륭한 사제가 되게 해달라고 조용히 기도했다.

1991년 봄, 제대를 앞둔 이태석은 어머니를 만나 신부가 되기로 마음을 굳혔다면서 고개를 숙였다.

"어머니, 그동안 고생하셨는데 효도 한 번 못 해서 죄송합니다."

"태석아, 봉사는 의사가 돼서도 충분히 할 수 있지 않니? 차라리 벽촌 같은 데 가서 힘든 사람들 도와주는 건 어떠니……. 의사로 큰돈 안 벌어도 된다. 평생 너 하고 싶은 봉사 하면서 살아도 된다……."

어머니는 눈물을 흘리면서 그를 타일렀다. 그러나 이태석의 결심은 흔들리지 않았다. 사회에 남아 의사로 산다는 건 결혼해서 가장이 된다는 뜻이기도 했다. 가장의 의무와 가난한 사람들을 돕는 일, 두 가지를 모두 잘한다는 건 쉽지 않았다. 의사가 된다면 결국 자신이 생각한 대로 하느님의 뜻을 따를 수 없을 것 같았다. 그는 며칠이고 어머니를 설득했다. 자식 이기는 부모는 없다고 하지 않던가. 어머니는 다시 한번 눈물을 흘리며 태석의 손을 잡았고, 마침내 고개를 끄덕였다.*

황용연 신부는 천안으로 돌아온 이태석이 어머니를 만났음을 알고 아무 말 없이 그를 맞아주었다.

• 이태석 신부가 성소를 되찾으면서 어머니에게 자신의 의지를 말씀드리는 과정은 〈살레시오가족지〉 99호(2009년 11·12월)의 이태석 신부 인터뷰 기사, 〈우먼센스〉 2011년 2월호의 이태석 신부 어머니 인터뷰 기사, 2010년 7월 4일 〈가톨릭신문〉에 둘째 형 이태영 신부가 기고한 기사, 〈시사저널〉 1107호(2011년 1월)의 이태영 신부 인터뷰 기사를 종합해서 재구성했다.

수도자의 길

이태석은 자신이 받은 부르심(성소)에 대해 기도하면서 구체적인 모습을 그려보았다. 그는 성당 신자들을 사목하는 교구 사제보다 사회에서 어려운 이웃들과 함께하는 수도회에 가고 싶었다. 가장 먼저 떠오른 수도회는 의료 선교 수도회였다.

육군 군의관을 만기 전역한 그는 염두에 둔 수도회에서 직접 생활하며 자신이 선교회의 영성에 적합한 부르심을 가졌는지 확인하기로 했다. 그러나 한 달간 생활해보자 이태석은 그곳에서 자신이 의료 선교 사제가 아닌 의료 행정가에 머물 것 같다는 생각이 들었다.

이태석은 성소의 불씨를 살려준 황용연 신부를 찾아 전의성당으로 갔다. 황용연 신부는 그의 판단을 존중한다면서 청소년 교육을 위해 설립한 살레시오회를 추천했다. 돈 보스코 성인이 청소년과 함께하는 삶을 살면서 창설한 살레시오회가 아이들과 음악을 좋아하는 이태석에게 잘 맞을 것 같다는 판단이었다. 그러나 "수도회 선택은 스스로 책임지고 결정해야 한다"며 수도회를 두루 돌아본 후 하느님의 부르심에 가장 잘 응답할 수 있는 곳을 찾으라고 조언했다.

이태석은 황용연 신부의 조언대로 몇몇 수도원을 찾아가본 후 직접 서울 대림동 살레시오 수도원에 가서 원장 신부를 만났다. 꾸벅 인사를 하자 그가 이태석에게 의자에 앉으라고 권했다.

"이태석 형제님, 반갑습니다. 저는 살레시오회 대림동 수도원장 노승피 신부입니다."

'노승피'는 그가 한국에 왔을 때 지은 한국식 이름이었다. 미국 이름인 로버트에서 '노', 숭늉과 커피에서 한 글자씩을 가져다 '숭피'라고 했는데, 출신 지역 문화와 선교할 지역의 문화를 아우르겠다는 다짐으로 지은 이름이었다.

"안녕하세요, 신부님. 이태석 요한입니다."

"어제 전화로 살레시오회에 관심이 있다고 하셨는데, 이유가 무엇인지요?"

노 신부는 먼저 살레시오회에 관심을 갖게 된 성소 동기를 물었다. 이태석은 어릴 때부터 현재까지의 삶에 대해 간략하게 설명했다.

"의대를 졸업하고 의사 면허까지 받으셨으면 살레시오회보다는 의료 선교 수도회가 더 맞을 것 같지 않으세요?"

"신부님, 의료 선교 활동을 하는 수도회에 다녀왔고, 좀 지내보기도 했습니다. 그런데 그 수도회는 저의 성소와는 맞지 않는 것 같습니다. 저는 청소년 가운데서 일하고 싶습니다. 저는 청소년을 사

랑합니다."•

이태석의 대답에 노숭피 신부는 고개를 끄덕였다. 청소년을 사랑하고 교육하는 일은 살레시오회가 원하는 성소였다. 그는 좋은 살레시안이 될 성소자가 찾아온 것 같다고 여기며 이태석을 바라보았다.

"형제님, 말씀 잘 들었습니다. 저희 살레시오회에서는 지원자가 원하면 성소 체험을 할 수 있습니다. 수도원에서 얼마간 생활하면서 창설자 돈 보스코의 뜻에 따라 가난하고 불우한 청소년들의 교육에 중점을 두는 살레시오 영성을 직접 체험하는 과정입니다. 자신에게 청소년을 특별히 사랑하는 부르심이 있는지 확인하는 체험이지요."

살레시오회의 성소 체험이란 '청소년들의 교육자요, 복음 선포자인 살레시오 수도자'가 되기를 열망하는 성소가 있는지를 스스로 확인하는 과정이었다.

"예, 신부님. 성소 체험을 해보겠습니다."

"알겠습니다. 그럼 언제부터 하실 수 있는지요?"

"저는 오늘부터라도 시작할 준비가 되었습니다."

이태석의 대답에 노숭피 신부는 미소를 지어 보였다.

"먼저 당분간 지내실 방을 안내해드리겠습니다."

노숭피 신부가 고개를 끄덕이며 의자에서 일어났다. 이태석은 노숭피 신부를 따라 침대 여러 개가 가지런히 놓인 큰 방으로 갔다.

"형제님, 여기가 성소 체험자들이 공동으로 사용하는 방입니다.

• 〈살레시오회 관구소식지〉 106호(2010년 2월) '내가 만난 이태석 신부'에 실린 노숭피 신부의 증언 참고.

조금 쉬고 계시면 성소 체험자를 안내하는 수사修士님*이 오실 겁니다. 수사님과 점심 식사를 하며 앞으로 뭘 하실지 이야기도 나누시고, 편하게 지내시면 됩니다."

"예, 신부님. 고맙습니다."

바로 그날부터 이태석은 대림동 살레시오 수도원에서 성소 체험을 시작했다. 그리고 수도회에서는 이 기간 동안 이태석이 건강하고 균형 잡힌 마음으로 하느님을 위해 자신을 내어놓고 수도자로 살 준비가 되었는지 첫 번째 성소 식별(하느님이 원하시는 바가 무엇인지 식별하는 것)을 했다.

수도원의 하루는 새벽 미사와 기도로 시작했다. 이태석은 어린 시절부터 새벽 미사에 참례하면서 복사를 했고, 군의관 3년 차 때도 전의성당에서 새벽 미사로 하루를 시작했기 때문에 낯설지 않았다. 미사와 기도가 끝나면 공동으로 아침 식사를 했는데, 분위기는 엄숙하거나 경건하기보다는 밝고 명랑했다.

오전에는 수도원 뒤쪽에 있는 텃밭에서 수련자들과 함께 밭을 일구었다. 텃밭이 제법 커서 그레고리오 선생님이라는 분이 매일 작업할 수 있게끔 농사일하는 방법과 요령을 가르쳐주었다. 여름이라 수도원 식구들이 먹기에 충분한 양의 토마토를 가꾸고 있었다. 여름이 지나면 토마토를 걷어내고 배추와 무를 심어 김장하는 데 사용

• 수도회에 입회해 수도 서약修道誓約을 한 남자 수도사. 각 수도회의 회헌 및 회칙에 따라 일정 기간의 수행을 마친 후 하느님 나라를 위한 순결한 독신 생활, 완전한 자유를 위한 소유권의 포기, 형제적 사랑을 위한 순명을 공적으로 서약한 수도자를 수사라고 한다.

한다고 했다.

점심 식사를 하고 나면 목공실에서 청소년들과 함께 목공예품 만드는 일을 도왔다. 수도원 기숙사에는 가정 형편이 어렵거나 고아원을 떠나 마땅히 갈 데가 없는 청소년들, 법원 소년부에서 '4호처분'을 받고 들어와 생활하는 청소년들이 있었다.* 살레시오회가 대림동 수도원에서 가정 형편이 어렵거나 불우한 청소년을 대상으로 직업훈련 프로그램을 진행했기 때문에 법무부는 4호처분을 받은 청소년들의 감호를 위탁해왔다. '가난하고 불우한 청소년들에 대한 사랑'의 실천을 가장 중요한 영성으로 생각하는 살레시오회는 사회에서 소외된 청소년을 당연히 받아들였다. 대림동 수도원에 입소한 아이들은 기존에 있던 청소년들과 짧게는 6개월, 길게는 1년 동안 기숙사에서 함께 생활했다. 그리고 보호 기간이 끝난 후 직업을 갖고 사회 구성원으로 복귀할 수 있도록 목공 기술을 익히는 직업훈련 프로그램에 참여했다.

목공 실습은 살레시오회가 전 세계에서 실시하고 있는 대표적 직업훈련 교육이다. 한국에서는 1956년 광주에 살레시오중학교를 개교한 이듬해에 목공 및 선반 기계 실습소를 개설해 학업이 어려운 학생들을 대상으로 직업훈련 교육을 시작했다. 1965년에는 광주의 실습소를 서울 대림동 수도원으로 이전해 청소년기술실습소를 열었

• 2007년 소년법 개정 이전의 청소년보호처분에 따르면 사안이 경미한 1~3호처분 청소년은 집으로 돌려보내고, '보호'와 '처벌'의 경계인 4호처분(현재는 6호처분)을 받은 청소년은 위탁(법적 용어는 감호위탁) 시설로 보냈으며, 5~7호처분을 받은 청소년은 소년원으로 이송했다.

다. 이때부터 4호처분을 받은 청소년을 비롯해 여러 이유로 학업을 이어갈 수 없는 청소년에게 목공 기술을 가르쳐왔다.

4호처분 청소년은 부모의 알코올중독, 가정 폭력 등 여러 사정으로 의지할 곳을 찾지 못하고 비행을 저질러 보호처분을 받은 경우가 대부분이었다. 그러나 많은 아이가 수도원에서 목공 실습을 하며 안정을 되찾고 얼굴이 밝아졌다. 물론 기숙사 생활에 적응하지 못하고 몰래 빠져나가 다시 비행을 저지르는 경우도 있었지만, 자신을 돌봐주는 수사나 사제의 사랑이 위선이 아니라는 걸 느끼면서 꿈과 목표를 정하는 청소년이 많았다.

이태석은 청소년들이 장롱이나 책상, 침대 등 가구를 만들면 전동 사포로 사포질을 한 후 니스칠과 도색을 했다. 처음에는 익숙하지 않아 실수가 잦았다. 그때마다 아이들은 박장대소하며 놀렸고, 이태석은 그런 아이들과 장난을 치며 가까워졌다.

목공 작업이 끝나면 기숙사에서 생활하는 청소년들과 농구와 축구를 했다. 수도원 원장 노승피 신부까지 반바지를 입고 나와 아이들과 어울렸다. 노승피 신부는 미국에서 고등학생 때 학교 대표 농구 선수로 뛰어 실력이 뛰어났지만, 스스로 슛을 던지지 않고 아이들이 골을 넣도록 도와주기만 했다. 하루는 이태석이 그 이유를 물었다. 노승피 신부는 그를 바라보며 대답했다.

"요한 형제님, 나는 고등학교 때 친구들과 농구를 하면서 인생을 배워나갔습니다. 농구의 생명은 패스입니다. 패스를 통한 팀워크가 잘 이루어져야 이길 수 있습니다. 패스는 서로에 대한 배려이고 양보입니다. 내가 슛을 안 한 이유는 아이들에게 슛의 기쁨을 알려주기 위해서입니다. 축구를 할 때도 마찬가지입니다. 아이들은 숯의 기쁨 속에서 다른 사람을 배려하고 사랑하는 기술을 배워갑니다. 팀워크를 통해 이긴 기쁨은 모두의 것이지요. 시합에 졌을 때는 마음이 아프지만…… 실패를 통해 배우지 않겠습니까. 하하.”

그래서였을까, 노숭피 신부는 아이들이 숯을 성공시키면 “잘했다. 좋아, 잘하고 있어. 멋있게 들어갔다”라고 외치며 기운을 북돋아 줬고, 골을 못 넣으면 “야, 이놈아, 더 연습해”라며 껄껄 웃었다. 노신부가 아이들과 어울리며 가장 많이 하는 말은 “좋아요, 아-주 좋아요”였다. 아이들은 그를 ‘좋아요 신부님’이라 불렀다. 그는 아이들이 “신부님, 우리 농구 한판만 더 해요” 하고 조르면 “오케이, 한 번 더 하자”며 흔쾌히 운동장으로 나가는 사람이었다.

이태석은 노숭피 신부의 모습을 보며 그에게 농구는 단순한 운동이 아니라, 아이들의 친구가 되기 위한 방법임을 알 수 있었다. 아이들과 진정한 친구가 되기 위해서는 함께 뛰어노는 것도 중요하지만, 자신의 기쁨보다 아이들의 기쁨을 먼저 생각하는 것이 더 중요했다. 이태석은 땀 흘리며 농구장을 뛰어다니는 노숭피 신부의 모습을 통해 청소년을 사랑하려면 어떤 마음가짐을 가져야 하는지 배울 수 있었다. 그는 겸손과 양보 그리고 자신을 낮추는 모습을 가슴속 깊은 곳에 새겼다.

이태석은 긴장보다는 편안함과 푸근함을 느끼면서 수도원의 공동체 생활에 익숙해졌다. 살레시오 사제와 수사가 청소년들과 격의 없이 어울리는 모습을 보며 많은 것을 느끼고 배웠다. 불우한 환경에서 자랐는데도 이곳에서 얼굴이 밝아지는 아이들을 보면 자신도 모르게 흐뭇했다. 이렇게 아이들과 하나가 되는 것 같다는 생각이 들자 자신에게 청소년을 사랑하는 부르심이 있다는 확신이 들었다. 또 아이들이 다치거나 아프면 간단하게 치료를 해줄 수도 있어 의사로서의 보람도 느꼈다.

며칠 후 이태석은 입회 신청을 하기로 결심을 굳혔다. 그는 한 달간의 성소 체험을 마치고 노숭피 신부를 만나 입회 원서를 제출했다.

"요한 형제님, 청소년을 사랑하는 성소를 확인했다는 말씀이 아주 좋습니다. 하하. 제가 오늘 면담 내용을 관구장* 신부님께 말씀드리고 입회를 결정하겠습니다. 만약 관구장 신부님께서 입회를 허락하시면 언제 수도원에 들어오실 수 있으신가요?"

"관구장 신부님께서 입회를 허락해주시면 부산에 가서 어머님께 인사드리고 오겠습니다."

"알겠습니다. 그럼 며칠 내로 전화드리겠습니다. 그동안 기도 많이 하십시오. 하하."

"예, 신부님."

노숭피 신부는 그가 살레시오회의 좋은 수도자가 되리라 생각하며 인자한 미소를 지었다. 노숭피 신부는 이태석을 따뜻한 마음으로 대했고, 이태석은 노숭피 신부에게 많은 것을 배우며 오랜 인연을 이어갔다.

• 수도회의 지역 단위인 관구管區를 이끄는 최고 책임자.

살레시오회

이태석 신부 생존 당시 대림동 살레시오 수도원 전경

살레시오회는 청소년의 스승이요 아버지라 불리는 돈 보스코가 1859년 이탈리아 토리노에서 창설한 수도회이다. "청소년들을 사랑하는 것만으로 충분하지 않습니다. 그들이 사랑받고 있다는 것을 느낄 때까지 사랑하십시오"라는 설립자 성 요한 보스코(애칭 돈 보스코)의 가르침에 따라 청소년, 특히 가난하고 어려운 처지의 청소년들이 신앙과 사랑에 바탕을 두고 원만한 인격을 형성할 수 있도록 교육하는 것을 주요 목표로 한다.

살레시오회는 1956년 한국 청소년들의 교육을 위해 전남 광주에 살레시오중학교를 설립했고, 1957년에는 당시 서울대교구장인 노기남 주교의 초청으로 서울에 진출하면서, 살레시오회가 시작된 이탈리아의 공업도시 토리노와 비슷한 조건인 서울 영등포 공업지대를 중심으로 활동을 펼쳤다.

살레시오회는 "더 가난하고 어려운 청소년들을 우선적으로 사랑하라"는 창설자 돈 보스코의 정신을 실천하기 위해 1963년 서울 대림동에 근로 청소년들을 위한 기숙사와 신학원을 설립했다. 1970년에는 서울 영등포구 신길6동에 돈보스코 직업학교를 설립해 젊은이들에게 기계 기술을 가르치고 공단 지역 근로자들을 대상으로 다양한 사회·문화 교육을 실시했다. 1985년부터는 결손가정 청소년을 위한 소규모 복지시설인 나눔의 집, 청소년 교정矯正 치료 시설, 사회복지시설, 대안학교, 대안교육지원센터, 서울시립청소년드림센터, 돈보스코미디어, 정보문화센터, 상담센터 등을 운영하면서 어려운 환경의 청소년들이 교육을 받고 자립할 수 있도록 돕고 있다.

이태석은 천안으로 가 황용연 신부에게 인사하고, 살레시오회에서의 성소 체험으로 느낀 바를 나누며 전화를 기다렸다. 그리고 며칠 후 관구장 신부가 입회를 허락했다는 연락을 받자 부산으로 내려가 어머니께 인사를 드렸다.

"어머니, 저까지 어머니 눈에서 눈물을 흘리게 해 죄송합니다. 그러나 이 길이 하느님께서 원하시는 저의 길이라 생각하시고 기도해주세요……."

어머니는 끊임없이 눈물을 흘리다 겨우 말했다.

"의사가 되는 길을 놔두고 왜 어려운 길을 가겠다고 했는지, 나는 지금도 받아들이기 힘들다. 그렇지만 내가 어떻게 하느님을 이기겠니……. 부디 몸 건강하게 잘 지내거라……."

어머니는 더 이상 말을 잇지 못하고 아들의 손을 붙잡고는 하염없이 눈물을 쏟았다. 이태석은 억지로 눈물을 참으며 어머니의 손을 가만히 내려놓았다. 그리고 다시 한번 허리를 숙여 인사드렸다. 어머니는 눈가를 닦으며 아들을 바라봤다.•

이태석은 옷 몇 가지와 성경책이 든 가방을 들고 부산역에서 서울행 기차를 탔다. 그는 창밖으로 스쳐 지나가는 풍광을 보며 세상과의 인연을 털어냈다. 의대 친구들 가운데 누구도 이태석이 왜 전공의 과정 시험장에 나타나지 않았는지, 어디서 무엇을 하고 있는지 알지 못했다.

• 관련 내용은 〈우먼센스〉 2011년 2월호의 이태석 신부 어머니 인터뷰 기사를 바탕으로 재구성했다.

서울역에 도착한 그는 곧바로 대림동 살레시오 수도원으로 갔다. 그는 성聖과 속俗의 경계인 수도원 문 앞에서 잠시 걸음을 멈췄다. '이제부터 내가 있을 곳은 여기가 아니라 저 안이다.' 그는 지난번 노승피 신부가 한 말을 떠올렸다.

　"살레시오회 회원이 된다는 것은 창설자 돈 보스코처럼 예수 그리스도의 제자가 되어 청소년들에게 착한 목자의 사랑을 증거하는 사람이 되는 겁니다."

　이태석은 수도원을 바라보며 성호를 긋고는 조용히 고개를 숙였다.

　"하느님, 이제 당신께서 마련해주신 새로운 집으로 갑니다. 이곳에서 주님께서 바라시는 수도자가 될 수 있도록 저를 보살펴주십시오. 저희를 위해 당신을 비우시고 낮추신 예수님처럼, 사랑과 겸손 속에 살면서 어렵고 힘든 청소년들의 친구가 되고 형제가 되게 하여주소서."

　기도가 끝나자, 그는 고개를 들고 푸른 하늘을 올려다봤다. 그리고 수도원 건물을 향해 성큼성큼 발걸음을 옮겼다. 발걸음은 무겁지 않았고, 아무런 망설임도 없었다. 1991년 7월 10일, 그의 나이 스물아홉 때의 일이다.

요한 보스코 성인

돈 보스코 동상 앞에 선 이태석 신부

살레시오회 창설자 성 요한 보스코St. Giovanni Bosco(1815~1888)는 평생을 청소년의 스승이자 아버지, 친구로 살았다. '돈 보스코'는 보스코 신부의 애칭이다(이하돈 보스코). 그는 이탈리아의 가난한 농가에서 태어나 1841년 사제 서품을 받았다. 돈 보스코는 사제가 된 후 선종할 때까지 아무 희망 없이 거리를 떠도는 가난한 젊은이들을 위해 빵과 잠자리, 일터와 학교를 마련해주며 그들을 정직한 시민과 선량한 신자로 교육하는 데 자신의 일생을 바쳤다.

돈 보스코는 젊은이들을 주일마다 성당으로 초대해 함께 놀면서 교리를 가르쳤다. 이 같은 청소년이 점차 늘어나자 돈 보스코는 '오라토리오'라는 기숙사를 세워 이들의 의식주를 해결해주고 일자리를 얻는 데 필요한 기술과 공부를 가르쳤다. 다재다능했던 돈 보스코는 아이들에게 갖가지 놀이를 알려주고, 악대를 조직해 여러 마을에서 연주도 했다.

1864년 돈 보스코는 오라토리오의 청소년들을 더 잘 보살피기 위해 수도회를 창설했다. 신학교 시절부터 존경해온 살레시오 성인의 영성으로 살고자 수도회 명칭을 '살레시오회'라고 정했다. 살레시오회는 1869년 교황청의 정식 승인을 받았다. 1888년 선종한 돈 보스코는 1934년 교황 비오 11세로부터 성인으로 시성됐으며, 교황 요한 바오로 2세로부터는 '청소년들의 아버지요 스승'이라는 칭호를 받았다.

운명

II

돌멩이와 다이아몬드

사제 지원자가 되어 맞이한 첫날, 살레시오회는 수도복을 입고 생활하는 수도회가 아니어서 이태석은 평상복 차림으로 새벽 미사에 참례했다. 그는 경건한 마음으로 제대 뒤의 십자가를 바라봤다. 미사는 오르간이나 피아노 반주 없이 소박하게 진행되었다. 미사가 끝나자 그는 침묵에 잠긴 성당에서 30분 동안 묵상했다. 미사 때 읽은 성경 말씀이 하느님과 자신과의 관계 안에서 무슨 의미로 다가오는지를 되새기는 시간이었다.

아침 식사를 하고 나면 자습실로 향했다. 자습실에는 신학대학 편입 시험공부를 하기 위한 지원자와 수능을 준비하는 지원자가 있었다. 이태석처럼 이미 대학을 졸업하고 입회하면 광주가톨릭대학교에 편입해서 철학, 라틴어, 성서학 등 신학과 관련한 제반 학문을 공부해야 했다. 자습실은 공동으로 사용했지만 각자 자기 책상이 있었다. 이태석은 공부를 시작하기 전에 책상을 깨끗이 정리했다. 단순히 편입 시험공부를 위한 책상이 아니라 사제직을 준비하는 제대의 의미가 있어서였다. 그래서 자습실에서는 공부할 인원이 모두 입실하면 함께 기도를 올린 후 각자 필요한 공부를 했다. 신학교 편입시험 과목은 교리와 영어였다. 영어는 신약성경의 한 부분을 해석하는 문제가 출제되었기 때문에 이태석은 영문판 성경을 조금씩 읽었다. 교리 시험은 신약성경 내용과 함께 가톨릭교회는 무엇을 믿으며 어떻게 이성에 입각해 믿을 수 있는지를 설명한 가톨릭 교리서를 중심으로 출제되었다. 이태석은 중요한 교리는 이미 송도성당 시절에 배웠기 때문에 주로 신약성경을 공부했다.

오후에는 성소 체험 때 하던 대로 수도원 뒤쪽에 있는 텃밭에서 일을 했고, 목공실에 가서 청소년들의 작업을 도왔다. 저녁 식사 후에는 청소년들을 위한 야간 학습에 들어가 산수나 국어를 가르쳤다. 불우하고 가난한 청소년들을 위한 수업은 돈 보스코가 수도회를 창설할 당시부터 이어온 '예방교육법'의 하나였다. 예방교육은 청소년이 하느님으로부터 받은 자질과 역량을 모든 차원에서 일깨워 온전하게 성숙한 인간으로 성장하게 하고, 스스로 자신의 능력을 키워 삶의 주인공이 되도록 이끄는 교육법으로, 전 세계 살레시오 공동체를 통해 계승되고 있다. 훗날 이태석이 톤즈의 돈 보스코 학교에서 수학과 영어를 가르치고, 브라스밴드를 만들어 학생들과 음악을 통해 소통한 것은 수도회 초기 양성 기간 동안 공부한 예방교육의 실천이었다.

저녁 9시에 청소년들의 수업이 끝나면 이태석은 다시 자습실로 가서 공부하다가 10시 반경에 침실로 돌아왔다. 그리고 자기 전에 하루를 돌이켜보면서 성경이나 십계명에 어긋나는 행동을 했는지 생각하는 '양심 성찰'을 했다. 가톨릭에서 '양심'은 사제가 끝까지 지켜야 할 중요한 가치이기 때문에 사제 지원자는 매일 저녁 양심 성찰을 통해 양심을 지키는 훈련을 했다. 그리고 양심 성찰을 마치면 잠들기 전까지 '대침묵'을 지켰다. 대침묵은 지원자나 신학생에게는 필수인 시간이다. 이태석은 침묵 속에서 하느님과 마주하면서 자신을 부르신 이유를 성찰하며 자신의 성소를 점점 더 깊이 깨달아갔다.

살레시오회에서는 매주 토요일 안양에 있는 소년분류심사원(당시에는 소년감별소라고 불렀다)을 방문했다. 담당 수사는 심사원에서 사목 경험을 할 수 있도록 이태석과 또 한 명의 사제 지원자인 백광현에게 함께 가자고 요청했다. 그들은 두 시간 정도 머물면서 청소년들과 함께 노래도 부르고 좋은 이야기를 나누는 시간도 가졌다. 소년 법원의 판결을 기다리는 청소년들은 대부분 불우한 환경 속에서 부모와 가족의 돌봄을 제대로 받지 못해 거친 면이 있었다. 그러나 내면에는 상처가 가득했다. 그래서 심사원을 방문하기 전에 자원봉사자들에게 부탁해 집밥을 준비해 가져갔다.

심사원에서 돌아올 때마다 이태석의 귓가에는 "세상에 태어나서 나를 도와준 사람이 단 하나도 없었다"는 아이들의 목소리가 맴돌곤 했다. 그들도 좋은 부모를 만났으면 학교에 다니고 친구들과

살레시오회 사제가 되는 과정

살레시오회에서는 사제가 되기까지 여러 단계를 거친다. 처음에 입회하겠다고 지원하면 지원자이다. 이들 중에는 평수사 지원자도 있고 사제 지원자도 있다. 지원기를 보낸 후 본격적으로 수도회의 영성과 정신을 배우기 위한 수련기를 준비하는 단계인 예비 수련기, 이후 수도 생활의 꽃이라 불리는 1년의 수련기가 있다. 수련기를 마치고 첫 서원을 하면 정식으로 '수사'가 된다. 그 후 신학대학 과정을 끝내고 실습기를 거쳐 대학원 과정을 마치는데, "가난하고 불우한 청소년을 위해 현대의 돈 보스코가 되어 일생을 다 바치는 삶을 살겠다"는 마지막 청원으로 '종신서원'을 하면 초기 양성기가 끝난다. 이후 사제 지망생들은 사제가 되기 전 단계인 부제품을 받고, 1년 후에 사제품을 받는다.

이태석은 1991년 입회해서 1994년 1월에 수사가 되었고, 2001년 6월에 사제품을 받아 내전 중인 수단의 톤즈 살레시오 공동체로 떠났다. 10년 동안 살레시오회 사제로 양성養成을 받은 후 아프리카 선교 사제가 된 것이다.

웃고 떠들며 행복하게 살 텐데 하는 생각에 마음이 무거웠다. 초등학교 때 소년의 집에 살던 영수가 떠오르기도 했다. 고아인 영수도 거리를 떠돌다가 아홉 살 때 너무 배가 고파 가게에서 빵과 과자를 훔친 죄로 소년의 집에 보내졌다. 영수도 처음에는 입에 욕을 달고 다녔다. 그래도 소년의 집에서 학교를 보내줘 태석과 친구가 되면서는 여린 속마음을 드러냈다. 이태석은 영수가 지금쯤 어디서 무엇을 하며 살고 있을지 궁금했다. 그는 4호처분을 받았거나 학교 대신 대림동 수도원에서 목공 기술을 배우는 아이들에게 그들의 친구가 되겠다는 마음으로 다가갔다.

백광현 지원자는 이태석이 성소 체험을 할 때 이미 입회해 있었다. 그도 이듬해 광주가톨릭대학교에 편입할 예정이었기 때문에 두 지원자는 같은 방에서 지냈다. 함께 방을 쓰게 된 첫날, 백광현보다 열흘 늦게 입회한 이태석이 먼저 자기소개를 했다.

"형제님, 반갑습니다. 저는 이태석 요한입니다. 성소 체험 때 먼발 치에서 뵌 적이 있는데 반갑습니다. 앞으로 잘 부탁드립니다."

"요한 형제님, 반갑습니다. 저는 백광현 마르첼로입니다. 형제 님께서 성소 체험을 마치고 입회하셨는데 내년에 저와 함께 광주가 톨릭대학교에 편입할 예정이라는 말씀을 노숭피 원장 신부님께 듣 고 반가웠습니다. 그런데 원장 신부님께서 말씀하시기를 의사시라 던데…… 맞으신지요?"

"예, 수도원에 오기 전……."

이태석은 멋쩍은 표정을 지으며 말꼬리를 흐렸다.

"그러면 군의관 생활을 마치고 입회하신 건가요?"

"예."

"그러면 저보다 형님이실 것 같습니다. 저는 1964년 용띠입니다."

"저는 범띠입니다……."

"그럼 저보다 2년 위시네요. 앞으로 형이라 부르겠습니다. 하하."

"아니, 입회 동기이고 나이도 크게 차이 나지 않는데 그렇게 부 르면 쑥스러울 것 같은데……."

"아닙니다. 이제부터는 형이라고 할 테니 편하게 이름으로 부르 세요."

살레시오회는 위계질서가 엄격한 분위기라기보다 밝고 명랑하 게 청소년들과 어울리는 분위기여서 복장뿐 아니라 호칭도 서로 편하게 불렀다. 그들은 입회하기 전의 생활에 대해 여러 이야기를 나누었다. 이태석이 자신의 지난 시절을 이야기하자 백광현도 입회하게 된 동기를 풀어놓았다.

"태석이 형도 1980년대에 대학을 다녀 알겠지만, 그때 우리 사회가 정치적으로 정말 혼란스러웠잖아요. 그래서 저는 대학을 졸업할 무렵 우리 사회를 변화시키기 위해서는 교육이 중요한 역할을 하겠구나 생각했어요. 교수가 되겠다는 계획으로 대학원에 가서 미생물공학을 전공했죠. 그런데 조교 생활을 하면서 제도권 교육의 한계를 느꼈어요."

이태석은 고개를 끄덕이며 들었다. 백광현이 계속 말을 이었다.

"그래서 제도나 사회적 현실로부터 자유로우면서 헌신할 수 있는 새로운 길이 필요하다고 생각했어요. 주변을 둘러보니 혼란한 사회 속에서도 교회의 역할과 인간의 존엄성, 가난하고 소외된 계층에 대한 관심을 강조하는 김수환 추기경님의 목소리가 들렸죠. 정의구현전국사제단의 활동 소식도 간간이 접했고요. 그러던 중 1989년 교황님의 방한 때 여의도에서 하신 강론을 듣고는 정말 큰 감동을 받았어요."

1989년 10월 7일 교황 요한 바오로 2세는 한국에서 개최한 세계 10억 천주교 신자의 영성 축제인 제44차 세계성체대회에 참석해 축하 메시지를 전했다. 1984년 5월에 이은 두 번째 방한이었다. 요한 바오로 2세는 젊은이성찬제에 참석해 한국과 세계에서 모인 젊은이들에게 평화의 메시지를 발표했다. 방한 마지막 날에는 65만여 명의 신자가 여의도 광장을 가득 메운 가운데 거행된 장엄미사를 직접 집전하면서 '화해, 나눔, 사랑'을 강론하고 "순수한 마음으로부터 나오는 열의와 인간에 대한 존엄성을 가지고 한국 사회에서 정의와 평화의 장인匠人이 되어달라"고 당부했다.

"형, 제가 그때 젊은이성찬제에 청년 봉사자로 참여했거든요. '증오와 폭력만으로는 여러분의 문제를 해결할 수 없으며, 그리스도의 사랑으로 모든 문제를 풀어가야 한다'는 교황님의 말씀에 깊은 감명을 받았어요. 여의도 장엄미사에서도…… 인간의 존엄을 강조하시던 교황님의 모습을 보면서 사제가 되면 어느 것에도 얽매이지 않고 나 자신을 헌신할 수 있겠구나 하고 막연하게나마 성소를 느꼈지요."

그 말을 하는 백광현의 표정은 더없이 진지했다.

"그래서 그때부터 서울대교구 성소 모임에 나갔는데, 어느 날 함께 모임에 나가던 후배가 영화 〈돈 보스코〉를 봤다며 너무나 감동적이었다는 이야기를 한참 하더라고요. 저는 돈 보스코가 가난한 청소년들의 교육자라는 이야기를 듣고 가슴이 막 뛰어서 모임이 끝나자마자 돈 보스코 전기를 구입했어요. 그리고 돈 보스코의 삶이 바로 제가 찾던 삶이라는 생각을 했어요. 어느 날 본당 수녀님이 제가 성소 모임에 나간다는 걸 알고 수녀원에 초대하셨어요. 그래서 수녀님을 찾아가 이야기 나누면서 돈 보스코 전기를 읽은 소감을 얘기했더니 그분이 만든 살레시오회가 대림동에 있다며 한번 가보라고 하시는 거예요. 그때부터 살레시오회와 인연을 맺게 되었어요. 그래서 올해(1991년) 대학원을 졸업하고 노숭피 신부님을 만나 곧바로 입회한 거예요."

이태석은 그의 부르심을 이해하며 고개를 끄덕였다.

"그런데 그때 성소 체험 중이던 형도 입회해서 이렇게 한방을 쓰게 되었으니, 우리 인연이 보통은 아닌 것 같아요. 하하."

백광현의 말은 맞았다. 이때부터 두 사람은 9년의 세월을 동고동락하며 광주가톨릭대학교뿐 아니라 이탈리아에 있는 교황청립 살레시오대학교에도 함께 갔다. 그들은 같은 날 사제 서품을 받은 살레시오회의 형제이자 벗이 되었다.

이태석은 의사의 길 대신 수도자의 길을 택했지만, 그가 의사라는 사실은 변하지 않았다. 아이들이 뛰어놀고 운동하다 다치면 양호실 수녀님은 그를 찾았다. 이태석이 치료를 마치면 아이들은 의사가 수도원에 왔다는 사실을 신기해하며 물었다.

"지원자 수사님은 왜 의사를 그만두고 신부님이 되려고 하세요?"

청소년들은 수도원에 있는 지원자를 '지원자 수사님'이라고 부르며 격의 없이 지냈다. 이태석은 처음 이 질문을 받았을 때 어떻게 대답해야 하나 머뭇거렸다. 결혼하면 가난하고 불우한 이웃을 위해 의술을 베푸는 데 한계가 있을 것 같아 이 길을 택했다고 설명할 수야 있었지만, 아이들이 이해하기 힘들 듯했다. 그래서 간단하게 의사보다 신부가 좋아서 수도원에 왔다고 대답했다. 그러나 청소년들은 이 대답을 납득하지 못하고 계속 물었다. 의사는 돈을 많이 버는데 지원자 수사님 머리가 좀 이상해진 거 아니냐, 집이 부자라 돈 벌 필요가 없느냐, 의사 자격증이 아깝지 않느냐, 실연당했느냐 등 질문이 꼬리에 꼬리를 물었다. 그런 날이면 이태석은 방으로 돌아와 어떻게 대답해야 아이들이 쉽게 이해할 수 있을지 곰곰이 생각했다.

그러다 문득 돌과 다이아몬드 비유를 떠올렸다.

"수철아, 너는 길에 돌멩이와 다이아몬드가 있으면 뭘 줍겠니?"

"지원자 수사님, 그걸 질문이라고 하세요? 당연히 다이아몬드를 줍지요."

"그렇지? 그런데 나에게 의사는 돌멩이고 하느님과 너희들은 다이아몬드야. 그래서 신부가 되려고 수도원에 온 거야."

"정말요?"

"응."

"지원자 수사님은 정말 돈이 싫으세요? 전 돈이 좋은데······."

"수철아, 세상을 살아가려면 돈이 필요하다. 그러나 신부가 되면 돈이 없어도 너희들과 함께 놀면서 지낼 수 있으니 얼마나 좋으냐. 하하."

"지원자 수사님은 결혼하는 것보다 신부가 되는 게 더 좋으세요?"

"응, 나는 결혼하는 것보다 하느님과 너희들과 함께 사는 게 더 좋다."

이태석의 대답에는 망설임이 없었다.

살레시안으로

1992년 1월 초, 이태석은 백광현과 함께 광주가톨릭대학교 편입 시험을 치렀고 얼마 후 합격 통지서를 받았다. 두 사람은 곧 전남 광주 신안동에 있는 살레시오 수도원에서 학교로 통학하며 학업에 열중했다. 철학은 신학의 기초 학문이라 공부할 게 매우 많았다.

　이태석은 신학대학에서 공부만 하는 것이 아니었다. 살레시오 회 지원자 신분이어서 주말에는 신안동에 있는 수도자들과 함께 청소년들이 모일 만한 곳인 광주 사직공원, 학생회관 골목, 전남대 후문 등을 다니면서 사도직使徒職(하느님의 말씀을 전하고 행동으로써 증거하는 모든 활동)을 수행했다.

　사도직을 하면서 청소년들과 만나면 이태석은 기타나 아코디언, 하모니카로 대중가요, 성가, 자신이 작곡한 〈묵상〉 등을 부르면

살레시오회 청소년 교육의 터전 오라토리오

톤즈의 오라토리오에서 축구하는 청소년들

오라토리오는 기도실을 뜻하는 라틴어 오라토리움oratorium에서 비롯된 용어로, 기도실에서 부르는 노래로 의미가 확장되어 합창을 중시하는 성악의 한 장르를 가리키는 용어로도 사용되었다. 살레시오회에서 오라토리오는 가난하고 불우한 젊은이들을 맞아들이는 집이자, 복음을 전파하는 성당이며, 삶을 준비하는 학교이자, 친구를 만나고 기쁘게 생활하기 위한 운동장을 의미한다.

살레시오회 창설자 돈 보스코는 오라토리오를 기도와 교육의 장소인 동시에 청소년 악대가 음악을 연주하는 놀이 공간으로 활용하면서, 친구이자 아버지로서 청소년이 정직한 시민과 착한 그리스도인으로 성장할 수 있도록 도왔다. 그래서 살레시오회에서 오라토리오는 단순히 공간적 의미를 넘어 돈 보스코의 교육 정신과 방식을 종합적으로 일컫는 말로도 사용한다. 훗날 이태석 신부가 톤즈의 살레시오 수도원에서 내전으로 폐허가 된 학교를 재건하고 악단을 만든 이유도 오라토리오를 통해 톤즈의 청소년들에게 희망을 심어주기 위해서였다.

서 관심을 끄는 역할을 맡았다. 아코디언은 쉽게 보기 힘든 악기였기에 청소년들이 신기해하고 관심을 많이 보였다. 그러면 다른 수도자 한두 명이 그들에게 다가가 대화를 나누었다. 그때 특별히 갈 곳없이 방황하거나 악기 배우는 것에 관심을 보이는 청소년들과는 연락처를 주고받아 그들이 수도원을 방문하도록 했는데, 운동이나 악기를 가르쳐주면서 친구 관계를 이어나갔다.

그는 사도직을 통해 청소년들에게 단순히 자신이 갖고 있는 재능으로 웃음을 주는 데 머무르지 않고, 자신의 재능을 어떻게 나눌까 고민했다. 그래서 청소년들에게 기타나 다루기 쉬운 악기를 가르쳐주며 열심을 다해 자신의 음악적 재능을 나눴다. 청소년들은 그가 기타를 가르쳐주는 주말이 되기를 기다렸다. 매일 저녁 수도원에 와서 악기를 배우는 청소년의 수도 늘어났다. 그는 저녁이나 주말마다 청소년들과 신나게 어울렸고, 여름방학 때는 여름 신앙학교 캠프에서 한국 천주교 사상 첫 번째 그룹사운드를 결성해 형제 수사들과 함께 음악을 연주했다. 이태석이 주도한 그룹사운드는 캠프에 참가한 청소년들을 열광하게 만들었다. 이제까지 경험해보지 못한 신앙교육이었기 때문이다. 악단을 통한 청소년들과의 소통은 "음악이 없는 오라토리오는 영혼 없는 육신이다", "죄가 되지 않는 한 최대한 즐겁게 지내라!"라고 가르치며 청소년 브라스밴드를 만들어 그들과 함께 연주하며 실컷 웃고 장난치면서 사기를 북돋아주던 살레시오회 창설자 돈 보스코의 예방교육적 실천이기도 했다.[*]

캠프가 끝난 후에도 많은 청소년이 주말마다 신안동 살레시오 수도원으로 와서 '태석이 형'을 찾았다. 이태석은 시간이 날 때면 오르간이나 첼로를 연습했고, 가끔 이어폰을 끼고 카세트테이프를 들

• 　요한 보스코, 《돈 보스코의 회상》(돈보스코미디어, 1998, 233~235쪽) 참고.

었다. 그러던 어느 날 수원가톨릭대학교의 신상옥(당시 연구과 신학생) 등이 참여한 '갓등중창단'의 카세트테이프를 듣다가 깜짝 놀랐다. 1990년에 제작된 그 테이프에 자신이 고등학교 3학년 때 작사·작곡한 〈묵상〉이 실려 있었기 때문이다. 자신이 작곡한 것과 조금 다르게 편곡되었지만 분명 자신의 곡이었다.

그는 수원가톨릭대학교의 갓등중창단에 연락해서 〈묵상〉은 자신이 만든 노래 같다며 어떻게 된 연유인지 물었다. 설명을 들어보니, 천주교 주택 35호집에 살면서 이태석과 어린 시절부터 송도성당을 함께 다니던 오창열 신부(당시 신학생)가 광주 대건신학대학교에 진학했는데, 그가 1981년 12월 졸업생을 위한 환송 음악경연대회 때 〈묵상〉을 불러 최우수상을 받은 것이 계기였다. 오창열이 그 소식을 송도성당에 알린 후 〈묵상〉은 부산에서 널리 불리게 되었고, 부산교구의 임석수 신부가 편곡하면서 전국의 신학대학으로 퍼져나갔다. 그렇게 갓등중창단이 〈묵상〉을 부르면서 자신들의 첫 카세트테이프 앨범에 이 노래를 실었다. 갓등중창단은 그동안 허락을 받으려고 송도성당에 이태석을 수소문했다. 하지만 그가 제대한 후 소식을 아는 사람이 없었고, 인제대 의대에서도 모른다고 해서 허락 없이 실었다며 이제라도 허락해주면 좋겠다고 부탁했다. 설명을 들은 이태석은 나름대로 수소문했다는 말에 "편곡이 잘되어 쿨하게 나왔으니 됐다"며 흔쾌히 허락했다. 이후 〈묵상〉은 카세트테이프 타이틀곡인 〈내 발을 씻기신 예수〉와 함께 전국의 가톨릭 신자들에게 알려지면서 여러 성가집에 수록되었다.*

이태석은 이어폰을 끼고 자신의 노래 〈묵상〉과 함께 신상옥의 〈내 발을 씻기신 예수〉를 자주 들으며 가사에 담긴 의미를 깊이 생각했다.

그리스도 나의 구세주
참된 삶을 보여주셨네
가시밭길 걸어갔던 생애
그분은 나를 위해 십자가를 지셨네

죽음 앞둔 그분은 나의 발을 씻기셨다네
내 영원히 잊지 못할 사랑, 그 모습
바로 내가 해야 할 소명

주여 나를 보내주소서 당신이 아파하는 곳으로
주여 나를 보내주소서 당신 손길 필요한 곳에
먼 훗날 당신 앞에 나설 때 나를 안아주소서

_ 신상옥 작사·작곡, 〈내 발을 씻기신 예수〉

〈내 발을 씻기신 예수〉의 가사는 〈요한복음〉 13장에 근거한다. 죽음을 앞둔 예수가 제자들과 함께한 최후의 만찬 자리에서 일어나

- 2020년 5월 2일 백광현 신부의 증언과 2020년 4월 15일 이승태의 증언, 오창열 신부의 편지(1981년 12월 2일) 참고.

청 원 서

존경하옵 원장 선부님!

이집의 식구가 되고자 입회한지도 어느덧 일년이 지났습니다.

항상 친형님같이, 아버지같이 여러가지 베풀어주신 배려에
감사드립니다.

기쁨이 무엇인지, 젊은이의 구원이 무엇인지, 그리고 주님의 가르침인 사랑이
무엇인지를 추구하는 것 여정에 있어 아직 걸음마 단계여지만,
많은 형제들의 도움과, 특히 주님께서 도와주시리라 믿고, 돈보스꼬를 통한
예수의 가르침을 따르고자 이글을 올립니다.

여러가지 부족한 점은 많지만, 젊은과 온유와 인내로서 젊은이들을
사랑하기 위해, 살레시오회의 한가족이 되고자.
살레시오회의 정규수련과정을 은전한 자유의지로 청원 합니다.

1992, 9. 20

이 태 석 (요 한)

살레시오회 정규 수련 과정 청원서

신안동 살레시오 수도원 원장 신부에게 제출한 것이지만, 최종 수신인은 살
레시오회 관구장 구천규(마르코 퀴블리에) 신부이다. 1992년 9월 20일에 작성
했다.

제자들의 발을 씻어주었다는 내용이다. 그리스도교에서는 이를 '세
족례'라 부른다. 예수는 제자들의 발을 닦아준 후 "내가 너희에게
한 것처럼 너희도 하도록 본을 보여준 것이다"라고 했는데, 이는 자
신을 낮추는 겸손으로 다른 이들을 온전히 섬기고 사랑하라는 의미
이다. 이태석은 이 노래를 들을 때마다 수도자의 자세에 대해 생각하
고 또 생각했다.

서른 살 가을, 이태석은 신안동 살레시오 수도원장에게 '정규 수
련 과정 청원서'를 제출했다. 12월에 신학대학 1학년 과정을 마치면

살레시오회 수도자의 구체적 삶을 배우는 수련(양성) 과정을 밟고 살레시오회의 '가족'이 되고 싶다는 청원이었다. 얼마 후 청원이 수락되었다. 3개월 전부터 그는 지원자에서 예비 수련자 신분이 되어 6개월 동안의 예비 수련기를 시작했다. 백광현의 청원도 수락되어 두 사람은 계속해서 신학대학을 다니며 한 달에 한 번씩 다른 예비 수련자들과 함께 대전 정림동에서 만나는 수련 준비 모임에 참석했다. 노숭피 수련장 신부와 함께 수련 준비에 필요한 마음가짐 등을 배우고 기도하는 시간이었다.

이듬해 1월, 이태석은 예비 수련기를 마치고 드디어 수련자로서 대전 정림동 살레시오회 수련소에 입소했다. 수련기는 살레시오회 수도자로 살아가기 위해 1년 동안 수도회의 영성과 창설자 돈 보스코의 정신을 배우고, 하느님의 부르심에 응답할 준비를 하는 과정이었다. 공동체 생활과 기도에 전념해야 했기 때문에 개인적 외출은 불가능하고 단체 행동을 해야 했다.

정림동 수련소 생활은 새벽 6시 미사로 시작했다. 기도와 식사까지는 대림동 수도원과 같았지만 그 후에는 살레시오회 수도자로서 살아간다는 것에 대해 구체적으로 체험하고 배우는 여러 프로그램을 진행했다. 살레시오회 선배 신부와 수사를 초청해서 '살레시안의 소명과 삶'에 관한 경험담도 듣고, 수련장인 노숭피 신부와 지도 수사에게 수시로 가난하고 불우한 청소년들과 어떻게 함께해야 하는지에 대해 강의도 들었다. 가끔은 외부 강사를 초청해서 독서, 묵상, 기도, 관상contemplatio(묵상 단계를 넘어 하느님을 보다 깊이 체험하는 기도 단계)으로 연결되는 영성 수련을 배우기도 했다.

1993년 대전 정림동 수련소에서 수련장 노승피 신부 및 동료 수련자들과 함께

저녁 일과를 마친 다음 수련소에서 비디오로 영화를 보는 일도 있었다. 일반 영화를 볼 때도 있었지만 돈 보스코 전기 영화나 남미에서 제국주의 열강의 원주민 탄압에 맞서 싸운 선교사 가브리엘 신부의 생애를 그린 영화 〈미션〉 등을 보면서 선교 열정을 다지는 시간을 갖는 때가 많았다. 살레시오회 창설자 돈 보스코에 대해서는 일대기 영화뿐 아니라 전기 형식의 문헌을 보면서 그가 창안한 예방교육도 많이 공부했다. "청소년들을 있는 그대로 사랑해야 한다. 그러나 사랑하는 것만으로 충분하지 않다. 그들이 사랑받고 있다는 것을 느낄 때까지 사랑해야 한다." 이러한 돈 보스코의 정신과 영성을 실천하면서 사는 삶이 참된 살레시오회 수도자의 모습이었기 때

수련자 시절 청소년들과 함께

문이다.

　수련소 생활은 엄숙할 때도 있었지만 밝고 재미있을 때가 더 많았다. 만우절에는 아침 식사 시간부터 수련생과 신부, 수사가 서로 속고 속이는 거짓말 잔치가 벌어지기도 했다. 심지어 어떤 수련생은 수련장인 노승피 신부에게 "신부님, 전화 왔어요"라고 거짓말해서 노 신부가 허겁지겁 사무실로 뛰어갔다. 곧 돌아온 노승피 신부는 "어휴" 한숨을 내쉬며 "가브리엘, 너 바꿔달란다" 하고는 너털웃음을 터뜨렸다.*

──────

• 　수련소에서의 생활은 당시 수련자들이 공동으로 남긴 수련 일지에 근거했다.

다양한 수련소 프로그램 가운데 가장 중요한 부분은 청소년들과의 어울림이었다. 당시 대전 옥계동에는 살레시오수녀회 수녀들과 결손가정 어린이, 청소년이 한 가족을 이뤄 살아가는 공동체인 '나자렛 집'이 있었다. 이곳 아이들과 수녀님들은 함께 살레시오 수련소에 놀러 오곤 했다. 나자렛 집 청소년들이 수련자 형제들과 노는 걸 좋아했기 때문이다. 청소년들이 오면 수련자 여덟 명은 그들과 함께 수련소 뒷동산에 올라가 삼삼오오 짝을 지어 노래도 부르고 간식도 먹으면서 여러 이야기를 나눴다. 점심을 먹고 뒷동산에서 내려오면 농구나 피구를 하며 소리도 지르면서 마음껏 뛰어놀았다.

노는 시간만큼 일하는 시간도 많았다. 봄에는 나무를 심었고, 수련소 건물을 청소하고, 수리했다. 염소도 키웠다. 이태석은 의사 경험을 살려 염소가 아프면 약을 사 와 주사를 놔줬고, 개들이 강아지를 낳으면 광견병 예방접종까지 했다.

수련소에서는 한 달에 한 번씩 평가회를 하면서 한 달간의 활동을 정리했다. 수련자 한 명이 지난 한 달 동안의 활동을 요약해서 발표하면 잘된 점과 반성할 점에 대해 토론했고, 수련장 노승피 신부가 총평을 했다. 그리고 다음 달 수련 계획을 발표하면서 마무리했다.

1년의 수련기는 빠르게 지나갔다. 이태석은 1년 동안 자신이 가진 모든 것을 주님 안에서 가난하고 불우한 청소년들을 위해 아낌없이 내어주는 '살레시안적 삶의 방식'과 '언제 어디에서든 함께 기도하고 공부하고 일하며, 하나의 가족을 이루어 청소년 사랑의 사명을 수행하는' 살레시오회의 공동체 정신(가족 정신)을 배웠다. 살레시오회에서는 수련기를 마치면 수련자가 자유의지로 서원誓願을 청원하게 했다. 서원은 결심과는 다른 의미로, 하느님을 창조주이자 구원자로 받들어 마땅한 흠숭欽崇과 감사를 드리고, 부족하고 잘못된 생활에 대해 용서를 청하며, 필요한 은혜를 구하는 마음을 갖고, 이에 따르는 의무를 지겠다는 약속이다. 그래서 수련자는 서원을 하기 전에 자기가 무엇을 서원하려는지 분명히 알아야 하고, 자유의지로 선택해야 한다.

이태석은 성소 체험자, 지원자, 예비 수련자, 수련자로 지낸 지난 3년 동안의 시간을 되돌아보았다. 그는 가난하고 버림받은 청소년들을 하느님처럼 받아들이는 사랑을 적극 실천하려는 성소가 자신에게 있는지에 대해 기도하고 또 기도했다. 그리고 마침내 살레시오회 관구장 신부에게 '서원 청원서'를 제출했다.

제안을 받다

1994년 1월 30일, 이태석은 환한 표정으로 첫 서원first profession을 한 후 정식으로 살레시오회 '수사'가 되었다. 그는 살레시오회에서 하느님의 부르심에 응답하며 자신을 오롯이 하느님께 봉헌하는 삶을 살겠다고 약속했다. 그해 함께 첫 서원을 한 백광현도 수사가 되었다. 사제 지망생인 두 사람은 3월부터 광주가톨릭대학교 2학년에 복학해 철학과정을 마쳤다.

이태석과 백광현은 1995년 1월부터 대림동 수도원에 있는 살레시오청소년센터에서 사목 실습을 했다. 사목 실습은 소외되고 위험에 노출된 청소년들과 함께 살면서 살레시오 활동을 본격적으로 접해보는 시기이다. 이때 이태석은 '제2의 돈 보스코'가 되는 것이 무엇을 의미하는지 좀 더 구체적으로 체험할 수 있었다. 그는 늘 청

첫 서원

소년들과 함께 있으면서 그들의 친구가 되고자 노력했다.

　그는 2년여의 실습기 동안 청소년들의 머리를 깎아주면서 먼저 그들에게 다가갔다. 자신이 줄 수 있는 사랑을 다 주면서 청소년들과 함께 평생을 살아가겠다는 부르심을 다시 한번 확인했다. 그리고 첫 서원을 한 지 3년이 지나 "돈 보스코를 닮은 살레시안으로서의 길을 자신 있게 그리고 꾸준히 선택하겠다"는 엄숙한 다짐을 하며 '서원 갱신 청원서'를 제출했다.[*]

　1997년 1월, 살레시오회는 이태석 수사와 백광현 수사, 1년 먼저 입회한 신현문 수사가 이탈리아 로마에 있는 교황청립 살레시오

●　살레시오회 관구 문서고에 보관되어 있는 이태석 수사의 서원 갱신 청원서(1996년 12월 2일) 참고.

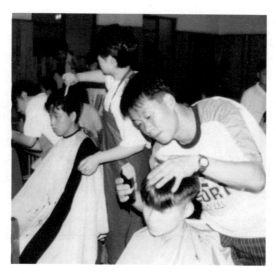
사목 실습 중 이발하는 모습

대학교에서 신학 공부를 할 수 있도록 유학을 결정했다. 살레시오회
의 '고향'으로 떠나는 유학이었다.

신학은 하느님과 인간의 관계를 탐구하는 어려운 학문이다. 한
국어로도 어려웠지만 갓 어학 시험을 통과한 실력으로 이탈리아어
수업을 듣기란 참으로 고단한 일이었다. 하느님이 당신의 뜻을 그리
스도를 통해 계시하셨다는 사실과, 이 계시의 신비를 믿음으로 받아
들여 하느님과 인간 사이에 인격적 관계가 성립한다는 강의를 온전
히 이해하는 건 쉽지 않았다. 이태석 수사는 밤늦도록 사전과 씨름했
고 새벽에 일어났다. 그런 노력 덕에 시간이 지날수록 이탈리아어 실
력이 향상되었다. 귀가 뚫리자 입도 열렸고, 그의 생활에는 다시 활
기가 돌았다. 그는 시간이 나면 오르간과 첼로를 연주했고, 가끔은

기타를 치며 신상옥의 〈내 발을 씻기신 예수〉를 불렀다.

1999년 봄, 37세가 된 이태석 수사는 신학과정 2학년 수료를 앞두고 도서관을 들락거리며 공부에 매진했다. 이때 마침 아프리카 수단에서 활동하던 공민호(공 고미노) 수사가 로마에 휴가를 와서 제리니 공동체에 머무르고 있었다. 이태석 수사는 이 소식을 듣고 공 수사를 찾아갔다.

"공 수사님, 안녕하세요? 저는 한국 살레시오회에서 유학 온 이태석 요한입니다. 제가 입회했을 때는 수사님께서 이미 수단으로 떠나신 직후라 뵙지 못했지만 말씀은 많이 들었습니다."

"요한 형제님, 반갑습니다. 제가 아직도 한국을 많이 사랑하는데, 여기서 한국의 형제를 뵙게 되어 기쁩니다. 한국의 형제들은 모두 안녕하시지요?"

"예, 수사님. 노숭피 신부님은 아직 건강하셔서 아이들과 열심히 농구를 하십니다. 현명한(바클라브 클레멘트) 신부님이 현재 관구장님으로 계십니다."

"아, 그렇군요. 모두들 보고 싶습니다."

"원선오 신부님도 수단에 계시다고 들었는데, 건강하신지요?"

원선오(빈첸조 도나티) 신부는 1964년 한국에 와서 광주 살레시오 고등학교에서 오랫동안 교감과 성무감(교목, 학생 생활지도 및 상담)으로 재임했다. 그는 학교 정문 앞에서 비가 오나 눈이 오나 아침에 등교하는 학생들을 맞았고, 전교생의 이름을 모두 외워 일일이 친근하게 부르며 눈인사나 악수, 따뜻한 말을 건네곤 했다. 그래서 재학생과 졸업생 모두 원 신부를 '영원한 스승이자 참교육자'로 불렀다. 원 신

공민호(공 고미노) 수사

1939년 이탈리아 토리노에서 100km 떨어진 몬도비에서 태어난 공민호(자코모 고미노Giacomo Comino) 수사가 한국에 온 것은 1960년. 당시 나이 스물한 살이었다. 광주와 서울의 살레시오 수도원에서 아이들을 거둬 돌보고, 청소년 직업학교에서 공작기계인 선반旋盤 기술을 가르쳤다. 이때 한국에는 기술자를 낮춰 부르는 '공돌이'라는 말이 있다는 걸 알고, 한국 이름을 지을 때 자신은 선반 기술자 공돌이라며 성을 '공'씨로 정했다.

공민호 수사는 한국에서 32년 동안 직업교육을 담당하다가 한국보다 어렵고 가난한 청소년이 많은 아프리카 수단으로 떠났다. 그는 이슬람 지역인 수단 북부 카르툼 살레시오 공동체에서 학교와 병원이 절대적으로 부족한 난민 캠프의 청소년들을 위한 기술학교와 주일학교를 운영했다. 수단 남·북부의 평화협정으로 내전이 진정된 후에는 '남수단 청소년들에게 희망을 주기 위한 학교 100개 설립 프로젝트'를 진행했다. 이 프로젝트에는 한국 살레시오중·고등학교 동문회를 비롯해 천주교 신자인 '피겨 여왕' 김연아(세례명 스텔라), 탤런트 김태희(세례명 베르다) 등이 참여했다. 김연아 선수의 이름을 딴 'STELLA YUNA KIM SCHOOL'은 지난 2012년 12월에, 김태희 배우의 'KIM TAEHEE VERDA SCHOOL'은 2014년 5월에 설립됐다. 그곳에서 100~400명의 학생이 수업을 받고 있다.

부는 교육자인 동시에 아코디언을 능숙하게 연주하는 음악가여서 〈나는 포도나무요〉, 〈엠마우스〉, 〈좋기도 좋을시고〉 등 한국인의 정서와 잘 통하는 주옥같은 성가 500여 곡을 남겼다.

1980년 로마 살레시오회 총본부는 지구에서 가장 열악한 대륙인 아프리카의 복음화를 위해 오랫동안 구상해오던 '아프리카 프로젝트'를 발표했다. 그곳에서 수고할 살레시오 회원을 대대적으로 모집한다는 소식을 접한 원선오 신부는 "이제 한국은 경제 상황도 나

왼쪽부터 공민호 수사, 원선오 신부, 이태석 신부

아졌으니 더 이상 내가 있을 이유가 없어졌다. 여기보다 훨씬 더 어려운 아프리카로 가겠다"며 공 수사보다 10년 먼저인 1981년 아프리카 선교사로 지원해 케냐로 떠났다. 원 신부의 나이 55세 때였다.

"예, 원 신부님은 처음에 케냐에 계시다가 지금은 수단 북부의 엘오베이드에서 다르푸르 난민 아이들을 돌보고 계십니다. 다르푸르는 정부의 비호를 받는 아랍계 민병대가 현지 부족들에 대한 인종청소를 벌이는 곳이라 난민이 많은 지역입니다. 그래서 살해와 성폭행 위협을 피해 고향을 등진 난민들이 해외 구호단체의 지원 등에 의존해 근근이 살아가는데, 살레시오회가 이곳에 세운 기숙사형 기술학교에서 원 신부님이 400명 넘는 아이를 돌보고 계시지요."

이태석은 '인종 청소', '난민'이라는 단어를 들으며 막막한 눈길로 공 수사를 바라봤다. 공 수사는 계속해서 말을 이었다.

"한국에선 아이들이 학교에 책가방을 메고 가지만, 수단에선 넓적한 돌을 들고 가요. 그리고 흙바닥이 교실인 야외 학교에서 돌을 의자로 사용하지요. 그 야외 학교도 비가 쏟아지는 5월부터 11월까지 우기에는 수업을 할 수 없어요……."

이태석은 이 지구에 지붕도 건물도 없는 학교가 존재한다는 사실 앞에 큰 충격을 받았다. 돌을 의자로 사용한다니…… 비가 쏟아지면 수업을 할 수 없는 학교라니……. 이태석의 머릿속에 텔레비전에서 보던 아프리카 풍경이 하나둘 떠올랐다. 그는 아무 대답도 할 수 없었다.

"요한 형제님, 아프리카, 특히 수단은 죽음과 절망의 땅입니다. 30년 넘게 내전이 계속되어 수많은 사람이 죽고 다쳤어요. 굶어서 죽고, 물이 없어서 죽고, 말라리아나 장티푸스 같은 열대 풍토병을 치료해줄 병원이 없어 길에서 죽어가는 곳입니다. 한센병 환자도 많은데 돌볼 시설이 없어 그대로 방치된 채 죽음을 기다립니다. 수단은 아프리카 중에서도 가장 열악한 지역이어서 우리 선교사들이 할 일이 너무 많은 곳입니다."

이집트, 에티오피아, 케냐, 우간다에 빙 둘러싸인 수단에서는 내전이 끊이지 않았다. 2005년 내전이 종식될 때까지 3,000만 명 넘는 주민 가운데 200여만 명이 희생당했고, 300여만 명이 고향을 잃었으며, 20여만 명이 국경을 넘었다. 경제 면에서는 1인당 연 국민소득이 330달러였고, 하루 1달러 이상의 수입을 벌 수 있는 인구는 전체 국민의 10%에 불과했다. 수많은 통계가 수단이 지구상에서 가장 가난한 나라 중 하나라고 가리켰다.

　이태석 수사는 치료도 받지 못하고 죽어가는 사람이 많다는 말에 가슴 깊은 곳에서 아픔과 슬픔이 몰려오는 것을 느꼈다. 대체 어떤 곳이기에 그런 지옥 같은 상황에 처해 있단 말인가. 도저히 상상이 가지 않았다. 유럽 나라들은 식민 지배를 하면서 병원이나 학교 같은 기본 시설조차 만들어놓지 않았단 말인가.

　"공 수사님 말씀을 들으니 너무 가슴이 아픕니다. 그런 곳에서 가난하고 버림받은 어린이와 청소년을 위해 수고하시는 공 수사님과 원선오 신부님께 고개가 숙여집니다……."

　"요한 형제님, 이번 여름방학 때 지방의 오라토리오에 가서 사도직을 하시나요?"

　"아닙니다. 한국을 떠난 지 2년이 되었기 때문에 올해 여름방학 때는 아마 한국에 가서 잠깐 어머니와 가족을 만난 후 대림동 수도원 오라토리오에서 사도직을 할 것 같습니다."

　"혹시 이번 여름방학 때 아프리카의 오라토리오에서 선교 체험을 해보실 생각은 없으신지요?"

　공 수사는 진지한 목소리로 물었다. 이태석 수사가 아프리카 선교에 관심이 있는 것 같고, 또 살레시오회는 신학생이 원하면 여름방학 때 선교 체험을 할 기회를 준다는 걸 알고 있어서였다. 선교 체험은 아프리카의 풍토와 문화를 이해하고 적응하는 게 쉬운 일이 아니기 때문에 생긴 프로그램이었다. 현지에서 생활하며 자신이 견딜 수 있는지를 판단해야 준비 없이 선교사로 떠났다가 포기하는 일이 일어나지 않기 때문이었다.

"공 수사님, 막연하게만 아프리카 선교에 관심을 가지고 있었는데 이렇게 자세히 말씀해주셔서 고맙습니다. 아프리카 선교 체험을 하고 싶습니다. 그러나 선교 체험은 관구장님께서 허락하셔야 하니 먼저 청원서를 보내겠습니다."

공 수사는 환하게 미소 지으며 이태석 수사의 손을 잡았다.

"요한 형제님, 잘 생각하셨습니다. 관구장님께서 흔쾌히 허락하실 겁니다. 아프리카 어디로 갈지는 모르지만 주님의 은총이 형제님의 선교 체험 여정에 함께하길 기도하겠습니다."

공민호 수사는 굳은 악수를 하며 이태석 수사와 헤어졌다.*

---

* 공민호 수사와 관련한 내용은 2020년 5월 두 차례에 걸친 공민호 수사와의 이메일 인터뷰를 바탕으로 재구성했다.

운명적 만남

얼마 후 신학과정 2년을 마친 이태석 수사는 '아프리카 선교 체험 청원서'를 제출했다. 한국 살레시오회 관구장인 현명한 신부는 이태석 수사가 2개월 동안 선교 체험을 떠나도록 허락했다. 살레시오회의 동아프리카 관구(케냐, 탄자니아, 수단)에 속한 케냐와 탄자니아의 살레시오 공동체로 떠나는 선교 체험이었다.

현명한 신부는 체코슬로바키아에서 한국으로 파견된 선교사였다. 그는 살레시오 수도자들에게 "청소년을 진정으로 사랑합니까?", "교회를 진정으로 사랑합니까?", "하느님을 진정으로 사랑합니까? 하느님의 나라를 앞당기는 사람이 여전히 부족하다는 걸 잊지 마십시오!"라며 청소년들과 평생을 동반하는 성소를 강조했다. 그뿐 아니라 "해외 선교사 파견은 교회 활성화를 위해 매우 중요하다"며 해외 선교의 중요성을 강조해왔다. 그로서는 이태석 수사의 선교 체험 신청이 무척 반가운 일이었다. 그러나 수단은 내전 중이라 신학생에게는 너무 위험하다며 선교 체험지에서 제외시켰다.

그해 6월 중순, 이태석 수사는 방학이 되자 케냐 출신 신부와 함께 케냐의 수도 나이로비의 살레시오 수도원에 도착했다. 더울 줄 알았는데 고산지대여서 그런지 6월인데도 아침저녁으로는 선선했다. 10~15℃ 정도였고 제법 쌀쌀한 바람도 불었다. 그는 다음 날부터 '길거리 아이들을 위한 공동체'에서 동아프리카 관구 사도직 선교 체험을 시작했다.*

나이로비는 고층 빌딩이 많고 경제가 활발하게 돌아가는 곳이라 유럽 도시의 축소판처럼 보였다. 공 수사가 얘기한 수단과는 큰 차이가 있었다. 그러나 빈부 격차가 심해 길거리에서는 "기브 미 비스킷!" 또는 "기브 미 머니!"라고 외치며 먹을 것이나 돈을 구걸하는 아이들을 많이 볼 수 있었다. 이태석 수사는 수도원에서 40여 명의 아이와 지내기 시작했다. 목공 이론과 실습이 없다는 걸 제외하면 하루 시간표는 대림동 살레시오청소년센터와 비슷했다. 대림동과 가장 크게 다른 점이라면 이곳에는 가출하는 아이가 단 한 명도 없다는 사실이었다. 수도원에서 나가면 끼니를 찾기 위해 하루 종일 돌아다니며 고생해야 하고, 밤이 되면 추운 길거리에서

• 나이로비 부분은 이태석 신부가 현명한 관구장 신부에게 보낸 편지(1999년 7월 14일)와 〈살레시오가족지〉 99호(2009년 11·12월)의 이태석 신부 인터뷰 기사를 바탕으로 재구성했다.

새우잠을 자야 하기 때문이었다.

이태석 수사는 아침 7시 15분부터 드리는 미사 시간에 기타 하나와 손북을 가지고 멋지게 성가를 반주하는 아이들 모습을 보고 감탄했다. 아이들은 악보가 없음에도 즉흥적으로 2부나 3부 화음을 만들어 노래의 흥겨운 리듬에 맞춰 몸을 흔들었다. 리듬을 몸으로 표현하지 않고는 못 배기는, '핏속에 음악이 흐르는' 아이들이라는 생각이 들었다. 그는 이곳의 미사 시간은 흥겨운 율동과 천연의 화음, 아이들의 아름다운 마음이 삼위일체로 하나의 소박한 기도가 되는 순간임을 체험했다.

나이로비에 온 지 일주일쯤 지났을 때였다. 이태석 수사는 아프리카의 풍토에 적응하는 게 쉽지만은 않다는 것을 깨달았다. 하루는 우연히 점심 식사 시간에 한 가정을 방문하게 되었다. 그 집에서 식사를 준비했는데 식탁 가운데 큰 밥통이 있었다. 그런데 그걸 손으로 덜어서 먹는 것이 아닌가? 그것까지는 괜찮았다. 특별한 손님에게 대접한다며 내놓은 멸치볶음에서는 심한 비린내가 났다. 비린내에 약한 그였지만 어쩔 수 없이 멸치 한 조각을 먹었다. 즉시 위에서 거부반응이 일어나며 어지럼증과 함께 식은땀이 나기 시작했다. 그렇다고 내색할 수는 없어서 마음속으로 기도하며 겨우 식사를 마쳤다. 그리고 며칠 후 한국의 현명한 관구장 신부에게 선교 체험에서 느낀 점과 선교사라는 '제2의 성소'가 실현될 수 있기를 기도하고 있다는 편지를 보냈다.

지금 케냐에서 지내고 있는 곳은 길거리 청소년(대부분 고아)들을 위한 공동체인데, 약 40여 명의 길거리 아이가 지내고 있습니다. 물질적으로 그리고 교육적으로 많은 도움이 필요한 곳인 것 같습니다. 큰 어려움에 처해 있는 많은 가난한 아이를 보면 볼수록 저의 살레시안으로서의 성소가 더욱더 구체적인 성소로 다져짐을 느낍니다. 하느님께서 더욱더 아파하시는 곳, 절실하게 도움이 필요한 곳에서 주님의 복음을 전하고 싶은 마음을 주신 주님께 감사드리고, 이런 나의 제2의 성소가 실현될 수 있기를 꾸준히 기도하고 있습니다. 물론 극복해야 할 많은 어려움이 있지만 말입니다.

_ 이태석 수사가 현명한 관구장 신부에게 보낸 편지(1999년 7월 14일)

제2의 성소! 이 용어는 두 번째the second 성소가 아니라 '또 다른 성소'라는 의미이다. 살레시오회 수도자들은 "선교는 또 다른 성소이다", "선교는 제2의 성소이다"라며 선교 성소를 강조할 때 사용하기도 한다. 그러니 이태석 수사가 '제2의 성소'가 실현될 수 있기를 꾸준히 기도한다고 쓴 것은, 이번에 아프리카에서 혹은 이미 이탈리아에서 '선교사 성소'라는 '또 다른 부르심'을 받고 그 부르심에 응답할 수 있도록 기도한다는 뜻이었다.

편지를 보낸 다음 날인 7월 15일, 이태석 수사는 공동체 숙소에서 한 인도 신부를 만났다.*

"신부님, 안녕하세요? 저는 한국 살레시오회 수사인 이 요한입

• 제임스 신부와의 만남부터 탄자니아와 톤즈 방문 내용은 이태석 신부가 현명한 관구장 신부에게 보낸 선교 체험에 대한 편지(1999년 10월 5일)와 2020년 4~5월에 진행한 제임스 신부와의 이메일 인터뷰를 바탕으로 재구성했다.

니다. 로마에 있는 살레시오대학교 신학부에서 공부하다 이번에 선교 체험을 하러 왔습니다."

"존 형제님, 반갑습니다. 얼마 전 봤을 때부터 어디서 어떻게 오신 분인지 궁금했는데, 선교 체험을 오셨다니 환영합니다. 저는 수단 남부 톤즈라는 작은 도시의 살레시오 수도원에서 선교하고 있는 제임스 신부입니다."

세례명 요한을 영어권 국가에서는 '존'이라고 발음했기 때문에 제임스 신부는 이태석 수사를 존이라고 불렀다.

"아, 수단에 계시군요. 사실 제가 여기로 선교 체험을 오게 된 건 수단의 카르툼 살레시오 공동체에 계시는 공 수사님의 권유 덕분이었습니다."

"공 수사님이라면, 고미노 수사님을 말씀하시는 건가요?"

"예, 신부님."

"그러시군요. 고미노 수사님은 저도 몇 번 만난 적이 있습니다. 고미노 수사님이 한국에 오래 계셨다는 말을 들은 기억이 납니다. 저는 인도 살레시오회에서 1980년에 아프리카로 왔고, 15년 전부터 톤즈에서 선교하고 있습니다."

"톤즈가 어떤 곳인지는 모르지만, 고미노 수사님 말씀으로는 수단의 상황이 매우 안 좋다고 들었습니다."

"예, 맞습니다. 톤즈는 여기서 약 1,800km 떨어진 작은 도시인데, 수단의 남부 지역에 있습니다.* 사실 도시라고 하기도 어려울 정

---

* 당시는 수단과 남수단이 분리되기 전이다.

도로 낙후한 곳이고, 오랫동안 계속된 내전으로 마을이 폐허가 되다시피 했습니다. 인구는 10만 명 정도인데 많은 원주민이 폭격을 피해 난민 캠프로 떠났습니다."

제임스 신부는 잠시 말을 끊고 깊은 숨을 내쉬었다.

"사실 저도 500일 넘게 수단인민해방군 Sudan People's Liberation Army, SPLA이라는 반군 조직에 납치된 적이 있습니다. 교황청이 나서서 겨우 풀려난 다음에 다시는 수단에 안 오리라 결심했죠. 그렇게 7년 동안 나이로비 공동체에서 수련장직을 수행했는데, 시간이 지날수록 톤즈가 그리워지는 게 아닙니까. 결국 이번 봄에 다시 톤즈로 갔습니다. 하하. 그런데 학교와 병원 심지어는 공동체의 수도원까지 파괴되어 뼈대만 남은 상황이더군요. 그래서 7월 한 달 동안 재건에 필요한 물건들을 사려고 이곳 나이로비에 왔습니다. 톤즈 공동체가 소속되어 있는 룸벡Rumbek 교구의 마촐라리Caesar Mazzollari 주교님과 상의하면서 물건을 구입하는 중입니다."

이태석 수사는 그가 1년 6개월 동안이나 납치되었으면서도 톤즈가 그리워 다시 돌아갔다는 말에 깜짝 놀라 제임스 신부를 바라봤다. 납치된 곳으로 돌아가는 용기를 지닌 신부! 그는 제임스 신부가 톤즈를 그토록 사랑하는 이유가 궁금해졌다. 그리고 톤즈란 곳에 대한 호기심도 생겼다.

"신부님, 톤즈는 건축자재를 파는 상점이 없는 곳인가요?"

"예, 톤즈는 워낙 낙후한 곳이라 상점조차 제대로 된 곳이 없습니다. 못 하나를 사려고 해도 나이로비에 주문해야 할 정도로 석기시대의 농경 사회 같은 곳입니다. 가끔 유엔난민기구나 국경없는의

톤즈의 선교 개척자 제임스 신부

이태석 신부와 제임스 신부

"제임스 신부님은 수단에서 반군에 잡혀 18개월간 포로 생활을 한 적도 있었대요. 풀려난 후 다시는 수단에 안 오리라 결심하고 케냐로 나왔다가 다시 수단이 그리워 돌아왔다고 하더군요. 그 신부님의 권유로 수단행을 결심했죠."(2004년 7월 14일 〈경향신문〉의 이태석 신부 인터뷰)

제임스 신부는 베테랑 선교사로서 선교지 톤즈의 개척자였으며, 가난한 청소년들에 대한 우선적 사랑을 몸소 실천했다. 이태석 신부는 제임스 신부와 함께 톤즈에 도착했을 때 아프리카의 참모습을 보고 문화적 충격을 받았다. 그러나 그는 실망하지 않고 한 번도 치료받아보지 못한 사람들, 아파도 마냥 참기만 하는 사람들을 위해 바로 다음 날부터 낡은 진료소를 청소하고 환자들을 치료했다. 백광현 신부는 "이태석 신부는 제임스 신부에게 많은 감명을 받았다고 여러 차례 말했다"고 증언했다.

사회에서 구호품이나 약을 내려놓고 가지만 그걸로는 턱없이 부족하지요…….”

이태석 수사는 공민호 수사가 이야기한 ‘절망의 땅’이라는 말을 떠올렸다. 제임스 신부는 이태석 수사가 자신의 이야기를 경청하며 관심을 보이자 톤즈 선교 체험을 권유하고 싶은 생각이 들었다.

“존 형제님은 지금 나이로비 어느 공동체에서 선교 체험을 하시나요?”

“저는 ‘길거리 아이들을 위한 공동체’에서 선교 체험을 했는데, 며칠 후 탄자니아의 모시Moshi 공동체로 가서 선교 체험을 하다가 8월에 로마로 돌아가려 합니다.”

“그러시군요. 그럼 오늘은 피곤하실 테니 그만 쉬시고 내일 또 뵙겠습니다.”

두 사람의 첫 번째 만남은 이렇게 마무리됐다. 그리고 이튿날 제임스 신부는 나이로비 관구의 바부 아우구스틴Babu Augustine 신부에게 자신이 탄자니아 모시 공동체로 가는 길을 잘 안다면서 이태석 수사의 길 안내를 맡고 싶다고 했다.

7월 중순, 이태석 수사와 제임스 신부는 아침 일찍 택시를 타고 160km 떨어진 국경도시 나만가Namanga까지 이동한 후 탄자니아 이민국 사무실에 가서 입국 비자를 발급받았다. 킬리만자로 국립공원이 가까운 곳이라 비자 발급은 손쉽게 처리되었다. 그곳에서 버스를 타고 110km 떨어진 아루샤Arusha까지 간 다음 다시 택시를 타고 80km 떨어진 모시의 살레시오 공동체에 도착한 것은 오후 7시 무렵이었다. 나이로비에서 320km 거리였지만 12시간이 걸린 것이다.

다음 날부터 이태석 수사는 모시 공동체에서 선교 체험을 시작했다. 모시 공동체는 나이로비 공동체와 비슷했다. 그는 눈을 반짝이는 탄자니아 아이들과 운동을 하면서 어울렸다. 제임스 신부는 그가 일과를 마칠 때까지 기다렸다가 눈 덮인 킬리만자로가 보이는 산자락을 2~3km씩 걸으며 서로의 신앙 여정에 관한 이야기를 나눴다. 제임스 신부는 그가 왜 의사라는 안정적인 직업을 이어가지 않고 수도자가 되었는지 그리고 성장 과정은 어땠는지, 살레시오회에 입회한 동기는 무엇이었는지 등을 물었다. 이태석 수사는 제임스 신부의 피랍 시절과 톤즈 생활이 궁금했다. 제임스 신부는 이틀에 한 끼를 먹으면서 기도 속에 하루하루를 보낸 이야기를 해주며 톤즈의 열악한 상황을 설명했다.

"존 형제님, 지금 톤즈에는 부서진 병원 건물만 있습니다. 의사는 없고 인도 수녀님들만 있어 쉽게 치료할 수 있는 환자조차 제대로 돌보지 못합니다."

그는 깊은 한숨을 내쉬면서 말을 이었다.

"특히 한센병 환자는 약을 먹으면 어느 정도 치료가 된다는데, 그러지를 못해 가족에게 버림받은 채 조그만 마을의 움막에서 죽음을 기다리고 있습니다. 그곳에서 먹고 배설하면서 누워 있는 모습을 보면 너무 가슴이 아픕니다……."

이태석 수사는 코끝이 찡해왔다. 21세기가 눈앞에 있는 지금도 이런 곳이 있다는 게 믿기지 않았다. 그는 자신도 모르게 두 손을 모으며 고개를 떨구고 그들을 위해 기도했다. 어린 시절 본 다미안 신부의 영화가 떠올랐다. 몰로카이섬에 격리되어 있던 한센병 환자들의 모습까지……. 톤즈에 자신처럼 의사 면허가 있는 선교사가 가면 도움이 될 것 같다는 생각이 들었다. 이때 제임스 신부가 물었다.

"존 형제님, 이번에 저와 함께 톤즈에 가보지 않으시겠습니까?"

이태석 수사는 잠시 생각에 잠겼다가 천천히 입을 열었다.

"제임스 신부님, 그런데 제가 이곳에서 2주 정도 선교 체험을 더 해야 합니다. 그리고 8월 11일에는 로마로 가야 신학대학에서 종신서원 준비 피정˙을 할 수 있습니다. 그 후에는 작년에 사도직을 다녀온 엠마우스 마약중독 환자 공동체에도 가야 하고요. 아쉽지만 시간이 안 될 것 같습니다."

이번에는 제임스 신부가 잠시 생각에 잠겼다. 그는 7월 말에 그동안 준비한 물품을 갖고 나이로비를 거쳐 톤즈로 돌아갈 계획이었다. 구입한 물건은 나이로비에서 화물 트럭에 실어 보내고 자신은 자동차로 이동하려고 했는데, 그 경우 이태석 수사의 일정에 도저히 맞출 수 없었다. 당시 나이로비에서 톤즈로 가는 길은 비포장도로라 지프차를 타도 4~5일이 걸리고, 만약 중간에 고장이라도 나면 다른 차가 올 때까지 오도 가도 못 했기 때문이다. 그러나 만약 마촐라리 주교가 경비행기를 전세 내주면 물건도 편하게 싣고 이태석 수사가 로마로 돌아가는 일정도 맞출 수 있을 것 같았다.

"제가 케냐에 계시는 주교님과 상의해서 형제님의 톤즈 방문을 허락받고 일정을 맞춘다면 다녀오시겠는지요?"

˙ 피정은 가톨릭 신자들이 영성 생활에 필요한 결정이나 쇄신을 위해 일상에서 벗어나 고요한 곳에서 묵상과 성찰, 기도 등 종교적 수련을 하는 일이다.

"예, 신부님. 만약 일정이 가능하다면 저도 톤즈에 가보고 싶습니다. 저는 지금 수사이지만 의사이기도 합니다. 신부님께서 말씀하신 한센병 환자들…… 제가 그들의 육체뿐 아니라 영혼의 치유자가 될 수 있을지도 모른다는 생각이 들었습니다. 저를 톤즈에 데리고 가주십시오."

"존 형제님, 알겠습니다. 제가 나이로비에 계시는 주교님과 연락해보겠습니다."

톤즈에 의사인 선교사가 올 수만 있다면 정말 기쁜 일이었다. 제임스 신부는 들뜬 마음으로 마촐라리 주교에게 연락했다. 그러나 마촐라리 주교는 단호했다. 무엇보다도 이태석 수사는 아직 신학생이므로 내전 중인 수단으로 선교 체험 가는 것을 허락할 수 없다는 이유가 컸다. 하지만 제임스 신부는 물러서지 않았다.

"주교님, 존 수사는 신학대학을 졸업하면 톤즈에서 저와 함께 사목할 수 있을지도 모릅니다. 톤즈에 관심이 많고, 또 의사이기도 합니다. 저는 지난 열흘 동안 존 수사와 대화하면서 그가 톤즈에 딱 맞는 형제임을 느꼈습니다. 사실 그동안 관구에서 오랫동안 톤즈에 파견할 선교 사제를 찾지 않았습니까. 정말 좋은 기회이니 재고해주십시오."

문제는 또 있었다. 만약 마촐라리 주교가 허락한다 해도 톤즈로 가는 경비행기를 빌리는 비용은 부담이 컸다. 케냐의 국경도시 로키초기오Lokichogio에서 톤즈까지는 네 시간가량 날아가야 한다. 6인승 세스나기를 이용하는데, 이 경비행기는 에임 에어Africa Inland Mission Air, AIM Air 소속으로 아프리카 지역의 선교사와 구호 요원을 지원하는 비영리단체가 운영한다. 조종사는 자원봉사자였지만 연료값과 각종 세금을 비롯한 기본 비용은 지불해야 했다. 톤즈까지의 정기 노선은 1인당 왕복 300달러, 한 달에 한두 번 정도 있는 비정기 노선은 1인당 왕복 700달러, 전세 낼 경우에는 왕복 3,000달러 정도가 든다. 아프리카에서는 큰돈이다. 주교로서는 이태석 수사가 톤즈의 선교사로 온다는 보장이 없는 상황에서 큰돈을 들여 경비행기를 전세 내는 일을 결정하기가 쉽지 않았다. 그 돈이면 톤즈에 필요한 긴급 구호물자를 지금보다 더 많이 구입할 수 있었다.

그러나 제임스 신부는 마촐라리 주교를 끈질기게 설득했다. 마침내 주교는 자신이 동행하는 조건으로 이태석 수사의 톤즈 방문을 허락했다. 그 정도로 당시 톤즈는 위험한 지역이었다. 주교의 허락이 떨어지자 제임스 신부는 이태석 수사와 나이로비 공동체로 이동한 뒤 그곳에서 항생제를 챙기라고 당부했다. 톤즈 진료소에는 붕대와 소독약 정도밖에 없어 상처에 바를 수 있는 항생제가 필요했다. 이태석 수사는 톤즈에는 한국이라면 약국에서 쉽게 살 수 있는 기본 항생제 연고조차 없다는 걸 실감했다. 그는 나이로비 공동체의 허락을 얻어 항생제 연고뿐 아니라 응급치료에 필요한 의료 기구와 주사약까지 챙겼다.

수단 내전의 역사

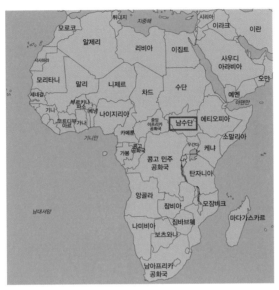

아프리카 지도

1956년 1월 수단 지역이 영국과 이집트의 공동 통치에서 독립하면서 수단공화국이 출범했다. 수단 내전은 공화국 출범 직전 남부 주민들이 북부로부터 독립을 요구하며 벌어졌다. 대부분이 토속 종교 혹은 기독교를 믿는 남부 주민들은 이슬람과 아랍 정체성을 강요하는 북부 아랍계 정부에 반발해 50년이 넘도록 저항했다.

50만 명 이상의 사상자가 발생한 1차 내전(1955~1972년)은 남수단 자치권을 인정한 '1972년 아디스아바바 평화협정'으로 종결되었다. 그러나 1983년 2차 내전이 발발했고, 2005년 평화협정이 체결될 때까지 22년 동안 200만 명의 희생자가 발생했다. 평화협정에 따라 6년 후인 2011년 1월 수단 남부의 독립 찬반 주민투표를 실시했고, 그 결과 98% 넘는 압도적 지지로 남수단의 분리 독립이 결정되었다. 따라서 이태석 신부 생전에 남수단이라는 나라는 존재하지 않았으며 '수단 남부'라고만 불렀다.

아! 톤즈

1999년 8월 1일, 이태석 수사는 마촐라리 주교, 제임스 신부와 함께 6인승 세스나기에 몸을 실었다. 빈자리에는 톤즈로 갖고 가는 짐이 잔뜩 실려 있었다. 톤즈로 가져갈 트랙터가 높아서 경비행기에 실을 수 없자, 이태석 수사는 군의관 3년 차 때 근무한 33유류지원대에서의 경험을 살려 트랙터 바퀴의 바람을 빼고 화물칸에 밀어 넣었다. 마치 준비된 선교사처럼 임기응변을 발휘하는 모습을 본 주교와 제임스 신부는 서로 얼굴을 마주 보며 빙그레 미소 지었다.

이태석 수사는 드디어 진짜 아프리카로 간다는 생각에 가슴이 설렜다. 그는 비행기 창문을 통해 끝없이 펼쳐지는 메마른 땅을 내려다보았다. 수단은 어떤 곳이기에 제임스 신부와 공 수사가 절망이 가득한 곳이라고 했을까? 아무것도 없어서 석기시대 같은 곳은

케냐 로키초기오 비행장

톤즈에 착륙하는 경비행기

경비행기 안에서

로키초기오 공항은 수단에서 활동하는 선교사와 구호 요원이 모여서 경비행기를 이용하는 곳이다. 6인승 세스나기와 15인승 카라반(일명 유엔기)을 운행한다. 카라반은 여러 단체의 구호 요원을 싣고 몇 곳을 비행하는데, 승객과 화물을 내려놓고는 서둘러 이륙한다. 시간을 지체할 경우 비행기를 타려는 난민들이 몰려와 사고가 일어날 수도 있기 때문이다.

어떤 모습일까? 그는 제임스 신부가 이야기한 "말라리아가 문명사회의 감기보다 흔하고, 한센병이 창궐하며, 더러는 콜레라가 휩쓸어 병원 마당이 설사와 구토를 하는 환자로 가득 채워지기도 하는 곳"을 떠올려봤지만, 자신의 현실과 너무나 동떨어져서 쉽게 상상할 수 없었다. '그래도 경비행기가 내릴 수 있다면 최소한은 갖춰진 것 같은데…….' 이태석 수사는 계속해서 호기심 가득한 눈길로 검불 더미만 가득한, 그리고 아직 아스팔트 포장이 안 된 흙길을 바라봤다. 주교와 제임스 신부는 그가 수단의 풍광을 눈에 담도록 아무 말도 걸지 않았다.

나이로비 북쪽에 있는 로키초기오에서 톤즈까지의 거리는 약 1,000km였지만, 일반 비행기가 아니라 경비행기를 이용해서 시간이 오래 걸렸다. 그리고 중간에 톤즈에서 120km 떨어진 룸벡에 마촐라리 주교를 내려주느라 다섯 시간이나 걸려 도착했다.

이때부터 이태석 수사의 충격이 시작되었다. 경비행기가 뒤뚱뒤뚱 착륙을 준비하자 그는 공항이 어떤 모습인지 보려고 창 아래를 내려다보았다. 이상하게 아스팔트 활주로가 보이지 않았다. 그런데 비행기가 숲 사이에 길게 뻗은 흙길을 향해 바퀴를 내리더니 거기로 내려가는 것 아닌가! 이런 곳에 착륙하다니! 이태석 수사가 어리둥절해하자 제임스 신부가 웃으면서 내리자고 했다. 조종사가 문을 열어주니 30℃의 더운 바람이 그를 맞았다. 그때 마을 쪽에서 많은 아이와 주민이 비행기를 향해 달려 나왔다. 제임스 신부는 그들을 향해 손을 흔들었다.

비행기가 도착하자 어떻게 알았는지 마을 전체에서 100~200명의 주민이 구경하러 나왔습니다. 구경 나온 그들을 보는 순간 '아! 정말 내가 아프리카에 왔구나!'라는 생각이 저절로 들었습니다. 검다 못해 반짝반짝 윤이 나는 피부들, 경계 어린 시선들, 나체를 하고도 부끄러워하지 않는 많은 사람들, 정말 저에게는 하나의 문화 쇼크였습니다.

_ 이태석 수사가 현명한 관구장 신부에게 보낸 편지(1999년 10월 5일)

이태석 수사는 제임스 신부를 따라 공동체 청년이 갖고 나온 오래된 낡은 지프차를 타고 톤즈 살레시오 공동체에 도착했다. 그는 폐허가 된 공동체 건물들을 보고 다시 한번 깜짝 놀랐다. 지은 지 15년이 되었다는 수도원에는 창문이나 문틀조차 하나 없었다. 폭격으로 시커멓게 그을린 벽과 지붕만 덜렁 남아 있었다. 심지어 제임스 신부가 자리를 비운 동안 한센병 환자들이 사용하면서 청소를 제대로 하지 않았는지 더러워질 대로 더러워져 있었다. '이런 곳이었구나……. 그래서 제임스 신부의 화물 짐이 비행기 화물칸과 승객석 빈자리를 가득 채웠구나.' 그때 제임스 신부가 무거운 목소리로 입을 열었다.

"제가 떠나 있던 지난 9년 동안 톤즈에 오겠다는 선교사가 없었습니다. 그러다 보니 수녀님들도 많이 떠났고, 그래서 지금까지 이렇게 폐허가 된 채로 있는 겁니다. 그래도 이번에 공동체 건물을 수리할 수 있는 자재를 구입해서 왔으니 내일부터 마을 청년들과 열심히 해보려고 합니다."

이태석 수사는 마음속으로 제임스 신부의 선교 열정이 정말 대단하다고 생각했다. 자신이 납치되었던 곳, 아직도 폭격의 위협이 상존하는 곳, 있는 것이라곤 가난밖에 없는 이곳이 그리워 다시 돌아온 그 신앙의 깊이를 헤아리기 힘들었다.

공동체의 식사 메뉴는 옥수숫가루를 찐 '우갈리'라고 하는 음식과 콩이 든 수프, 찰기 없는 밥, 빳빳한 소고기 조금이었다. 제임스 신부는 1년 내내 먹는 변함없는 메뉴라고 말하며 웃었다. 그래도 하루 한 끼밖에 못 먹는 주민들에 비하면 감사하다고도 말했다. 저녁 식사를 마치고 제임스 신부는 그를 어둠과 함께 적막이 내린 마당으로 데리고 나갔다. 이태석 수사는 밤하늘을 올려다봤다. 별들의 향연이라고 해도 과언이 아닐 정도로 별이 가득했다. 어린 시절 배운 북두칠성, 전갈자리, 카시오페이아자리가 또렷이 보였고, 푸른 하늘 은하수가 아닌 검은 하늘 은하수에 너무나 많은 별이 우윳빛으로 무리 지어 있었다.

"밤하늘이 아름답지요?"

"예, 신부님. 제 생전에 이렇게 많은 별은 처음 봅니다."

"저도 톤즈에 처음 왔을 때 존 형제님과 같은 생각을 하며 밤하늘을 바라봤습니다. 나이로비에서는 이런 별들이 보이지 않습니다. 처음에는 이유를 잘 몰랐는데, 조금 지나고 생각해보니 톤즈에는 전깃불이 없기 때문에 밤하늘이 더 잘 보이는 것 같습니다."

이태석 수사는 그때서야 톤즈에 전기가 없다는 사실이 떠올랐다. 발전소가 없으니 전기가 없고, 전기가 없으니 텔레비전과 라디오도 없고, 심지어는 전화선이 없어 전화도 없었다. 그래서 톤즈에서는 어스름이 내리면 어떤 활동도 할 수 없었다. 아무 소리도 들리지 않는 적막이 암울한 톤즈를 상징하는 것 같아 마음속에 슬픔이 몰려왔다.

제임스 신부는 오늘은 피곤할 테니 들어가서 쉬라며 그를 사제관으로 안내했다. 이태석은 저녁기도를 올린 후 침대에 누웠다. 그러나 모든 창이 밖과 통해 있어 마치 야외에서 자는 것 같아 잠이 오지 않았다. 그러다 잠깐 눈을 붙였는데, 새벽 한두 시경에 이상한 소리가 들렸다. 눈을 떠보니 박쥐들이 방으로 들어와 찍찍 기분 나쁜 소리를 내며 날아다녔다. 이태석 수사가 자신도 모르게 몸을 움직이자 박쥐들은 더욱 요란한 소리를 내며 그를 향해 배설을 해댔다. 이태석의 얼굴에도 배설물이 떨어졌다. 그는 질겁하면서 벌떡 일어나 박쥐들을 향해 손을 저었다. 박쥐들은 정신없이 천장을 날아다니다가 유리창이 없는 창문 밖으로 날아갔다. 그는 침대에서 일어나 제임스 신부가 밤에 필요하면 마시라고 준 물로 얼굴을 닦았다. 그렇지만 다시 잠을 이루는 게 쉽지 않았다. 그는 침대에 앉아 기도하면서 아침이 되기를 기다렸다.

이튿날, 이태석 수사는 진료소로 가서 수녀님들에게 인사를 하고 선반 위에 무슨 약이 있는지 둘러보았다. 기본 응급치료를 할 수 있는 붕대와 머큐로크롬 정도였다. 수녀들 말로는 가끔 국경없는의사회와 구호단체에서 경비행기를 통해 약이 든 짐 가방을 내려주고 가지만 턱없이 부족하다고 했다. 그가 나이로비에서 가져온 항생제와 응급처치에 필요한 약을 건네주자 수녀들은 환한 미소를 지으며 선반 위에 올려놓았다. 그때서야 이태석은 '앗, 저 약은 냉장고에 보관해야 하는데'라는 생각이 번뜩 들었다. 나이로비에서 약을 챙길 때는 정신없이 바빠 톤즈에 냉장고도 전기도 없다는 사실을 깜박한 것이다. 톤즈에 전기가 없다는 것을 다시금 실감했다. 그때 제임스 신부가 진료소 안으로 들어오며 잘 잤느냐고 인사를 건넸다.

　이태석 수사는 제임스 신부의 주례로 수녀들과 수도원 성당에서 아침 미사를 드린 후 다 함께 식사를 했다. 식사를 마치고 제임스 신부와 공동체 마당으로 나가자 일을 하러 온 청년들이 기다리고 있었다. 제임스 신부는 이태석 수사에게 청년들과 함께 창문과 문을 만들고 있으라고 했다. 세계 어디에서 왔든 살레시오회 수사라면 모두 목수 일과 목공 일을 배우기 때문에 할 줄 아는지 물을 필요가 없었다. 그동안 자신은 한센병 환자 마을로 가지고 갈 음식과 구호 용품을 준비해서 지프차에 실어놓겠다고 했다. 이태석 수사는 어릴 적 다미안 신부 영화에서 본 한센병 환자 마을을 가게 되었다는 생각에 마음이 들떴다. 한센병 대부분은 현대 의학으로 치료가 가능하지만, 이곳 톤즈의 환자들은 치료를 못 받아 버림받은 상태였다. 그는 다미안 신부처럼 의사인 자신이 그들에게 도움을 줄 수 있을 것 같다는 확신이 있었다.

한센병 환자 마을에서

오후 2시경, 제임스 신부는 이태석 수사 그리고 성당에 열심히 나오는 청년 한 명과 함께 톤즈에서 10km 떨어진 라이촉 마을로 향했다. 한센병 환자들이 가족으로부터 격리되어 사는 마을이었다. 이태석 수사는 창밖으로 시선을 고정시키고 황톳길 옆 수풀 사이로 보이는 움막 같은 집과 벌거벗은 채 다니는 아이들을 바라봤다. 그는 다시 한번 자신이 '진짜 아프리카'에 왔음을 실감했다.

라이촉 마을로 가는 길은 울퉁불퉁했고, 어떤 곳은 갈대가 높이 자라 있어 갈대를 피해 길을 만들면서 갈 정도로 험했다. 30분쯤 달리자 라이촉 마을이 보였다. 일행을 기다리던 한센병 환자들이 손을 흔들었다. 제임스 신부가 차를 세우자 이태석 수사는 문을 열고 차에서 내렸다. 그 순간, 그는 한센병 환자들이 누워 있는 움막에서 풍기는 심한 악취에 입을 틀어막았다. 그들은 감각이 없어 손과 발에 항상 많은 상처를 달고 있었고, 고름이 터진 상처에서는 심한 악취가 났다. 그뿐 아니라 움막 안에 있는 환자들은 움직일 수 있는 상태가 아니어서 그곳에서 배설을 하고 치우지도 못했다.

먹질 못해 뼈만 앙상히 남은 사람들, 손가락 발가락 없이 지팡이를 짚고 돌아다니는 나환자들, 삐쩍 마른 엄마 젖을 빨다 결국 지쳐 울어대는 아기들……. 이러한 현실이 세상에 존재한다는 것조차 모른 채 너무 쉽게만 살아왔던 것에 대한 죄책감마저 들었다.

_ 이태석, 《친구가 되어 주실래요?》(생활성서사, 2009, 128쪽)

그는 옷을 걸친 이가 거의 없는 한센병 환자들과 움막에서 올라오는 악취에 온몸이 감전된 것 같은 충격에 빠졌다. 의대 다닐 때 해부학 실습까지 한 그였지만, 50여 명의 남녀노소가 흙바닥에 누운 채 죽음을 기다리는 모습은 너무나 처참해 차마 바라볼 수가 없었다. 특히 어릴 때부터 생선조차 제대로 먹지 못할 정도로 비위가 약한 그는 움막 속에서 나는 악취를 도저히 참을 수가 없었다. 이태석 수사는 손으로 입을 틀어막은 채 차를 타고 왔던 길을 향해 무작정 달렸다. 눈에서는 하염없이 눈물이 흘렀다. 어디로 가는지도 모른 채 계속 뛰어가다가 수풀 옆에 주저앉았다. 숨을 고르며 자신이 본 처참한 광경을 떠올렸다. 그리고 외쳤다. 주님, 어떻게 아직 이런 곳이 존재합니까…….

그때 제임스 신부는 성당 청년과 차에 실었던 짐을 내린 후 한센병 환자들에게 의사와 함께 왔다면서 이태석 수사를 소개해주려 했다. 그러나 아무리 둘러봐도 이태석 수사가 보이지 않았다. 용변이 급해 주변의 숲에 갔나 하고 부근을 다니며 그를 불러보았지만 대답도 없었다. 마을 사람들이 그가 뛰어간 쪽을 향해 손을 가리켰다. 제임스 신부는 무슨 상황인지 이해된다는 듯 고개를 끄덕이며 환자들에게 갖고 온 음식과 구호품을 나눠줬다.

이태석 수사의 귀에는 아무 소리도 들리지 않았다. 바람 한 점 없는 마른 들판의 고요만이 있을 뿐이었다. 그는 눈을 감고 기도를 하려 했지만, 지금의 상황이 너무나 부끄러워 정신을 집중할 수 없었다. 의술을 믿고 아프리카 선교사의 길을 너무 쉽게 생각했다는 자책이 컸다. 그는 두 손을 모으며 묵상에 잠겼다. 깊은 내적 성찰의 시간이었다. 그렇게 묵상하면서 톤즈 같은 열악한 곳은 의술만이 아니라, 눈앞에서 벌어지는 혹독한 상황을 품을 수 있는 선교사로서의 깊은 내적 영성이 있어야 한다는 사실을 가슴 깊은 곳에서부터 깨달았다.

그동안 들어왔던 "선교사는 바라보는 사람이 아니라 함께 살아가는 사람이어야 한다", "내가 그들 안으로 들어가 낮아져야 한다", "내가 배운 것, 갖고 있는 것을 우선시하는 마음이 있으면 현지인들이 못나 보이고 부족해 보이기 쉽다", "선교사의 삶을 살기 위해서는 겸손한 헌신뿐 아니라 용기도 필요하다" 등의 말들이 비수처럼 날아왔다. 그는 톤즈처럼 열악한 지역의 선교사가 되기 위해서는 얼마나 많은 준비를 해야 하는지, 선교사의 길이 얼마나 험난한지 통절히 새겼다. 그리고 '헌신'과 '용기'라는 단어를 되뇌며 뛰어온 길을 향해 천천히 발걸음을 옮겼다.

제임스 신부가 한 시간에 걸쳐 라이촉 마을의 한센병 환자들과 만난 후 톤즈로 돌아갈 준비를 하는 동안에도 이태석 수사는 돌아오지 않았다. 그는 다시 한번 주변을 다니며 존 수사를 불렀지만 여전히 대답도 없고 보이지도 않았다. 제임스 신부는 함께 온 성당 청년에게 주변을 찾아보다가 존 수사를 만나면 톤즈 공동체로 데리고 오라며 혼자 자동차 문을 열었다. 걸어서 오더라도 세 시간 정도 거리였기 때문에 더 이상 기다리는 것보다 먼저 출발하는 편이 나았다. 그때 멀리서 이태석 수사가 터덜터덜 걸어오는 모습이 보였다. 제임스 신부는 자동차를 몰고 그가 오는 곳으로 다가갔다. 악취를 피하게 하려는 배려였다. 잠시 후 자동차에 오른 이태석 수사는 숨을 고르면서 제임스 신부를 바라봤다.

"신부님, 정말 부끄럽고 죄송합니다."

"충분히 이해합니다, 수사님. 깨끗한 병원만 보다가 헐벗은 한센병 환자들이 환부를 드러내고 모여 있는 모습을 보면 누구나 두려움과 역겨움을 느낍니다. 너무 괘념치 마십시오."

"신부님, 이번 실습 기간 중에 다시 이 마을에 올 기회가 있으면 그때는 절대 자리를 피하지 않겠습니다. 이번에는 저도 모르게 반사적으로 그랬습니다. 정말 너무 무서웠고 끔찍하다는 생각이 들어 그랬던 겁니다. 죄송합니다. 용서하십시오. 다시는 이런 행동을 하지 않겠습니다."

"너무 자책도 말고 두려워도 마십시오. 그분들 중에는 이미 치료를 마치고 음성 판정을 받은 분도 있습니다. 다만 톤즈에는 한센병 환자에 대한 미신적 금기가 많아 정부가 그들을 환자들과 함께 도시 외곽에 격리한 겁니다. 게다가 제가 케냐에 있던 지난 9년 동안 시설이 방치돼 청소할 사람이 없다 보니 지저분해졌습니다. 이제부터 주기적으로 방문하면서 그분들을 돌보고 청소도 할 겁니다."

"신부님, 이번에 로마로 돌아가면 기도와 묵상을 하며 저의 공포심을 다스리는 영성 수련을 받으려고 합니다. 제가 선교사가 되려면 톤즈의 모든 분과 함께 지내야 할 테니까요……."

"예, 저도 수사님을 위해 기도하겠습니다."

톤즈의 살레시오 공동체에 도착한 후, 두 사람은 수도원의 창틀 공사를 하고 있는 청년들 틈에 섞여 일을 했다. 오후 5시가 되자 어느 정도 일이 정리되었고 금세 사위가 어두워졌다.

제임스 신부는 이태석 수사를 데리고 마당으로 나왔다. 그는 저녁기도 시간이니 성가를 부르자며 영어로 한 곡, 인도어로 한 곡을 불렀다. 이태석 수사는 한국어로 성가 한 곡을 부른 후 〈내 발을 씻기신 예수〉를 불렀다. 마지막 부분인 "주여 나를 보내주소서 당신이 아파하는 곳으로 / 주여 나를 보내주소서 당신 손길 필요한 곳에 / 먼 훗날 당신 앞에 나설 때 나를 안아주소서"를 부를 때는 자신도 모르게 코끝이 찡해졌다.

저녁기도를 마치고 방으로 돌아온 그는 〈마태오복음〉 25장 40절의 "가장 보잘것없는 형제 한 사람에게 해준 것이 곧 나에게 해준 것과 같다"를 떠올리며 묵상에 잠겼다.

셋째 날에도 충격은 계속되었다. 오전에 진료소에서 환자가 왔다며 이태석을 찾았다. 진료소에 들어서자 열서너 살 정도 된 아이가 퉁퉁 부은 다리를 보여주었다. 상처를 보니 벌레에 물려서 긁다가 생긴 봉와직염蜂窩織炎으로 항생제를 먹으면 금방 가라앉을 증세였다. 그는 붉게 부어오른 상처 부위를 소독한 후 케냐에서 갖고 온 항생제를 주면서 "아침, 점심, 저녁 식사 후에 한 알씩 복용하라"고 했다. 그러자 아이가 당황스러운 표정을 지으며 그를 쳐다봤다. 그가 수녀에게 딩카어로 통역을 해달라고 하니, 수녀는 이곳에서는 식량이 부족해 하루 한 번 저녁에만 식사를 하기 때문에 '식후 세 번'이 무슨 말인지 이해하지 못해서 당황하는 거라고 설명했다. 그는 다시 한번 놀랄 수밖에 없었다. 식량 부족으로 하루 한 끼만 먹다니……. 미처 생각하지 못한 부분이었다. 그는 아프리카 대륙의 많은 곳이 기아와 싸우고 있다는 뉴스를 떠올렸다. 결국 한참을 생각하다 "해가 동쪽에 있을 때 한 번, 하늘 중간에 있을 때 한 번, 서쪽에 있을 때 한 번 먹어라"고 손으로 하늘을 가리키며 설명했다. 아이는 그제야 이해했다는 듯 고개를 끄덕였다.

충격적인 일은 넷째 날에도 있었다. 공동체 수도원 앞에는 큰 공터가 있었다. 제임스 신부가 오라토리오로 사용한 곳이었는데, 이후 9년 동안 방치되어 있었다. 아이들은 아침이 되면 그곳에 모여들어 저녁까지 놀곤 했다. 이태석 수사가 아이들에게 물었다.

"너희들, 왜 학교를 안 가니?"

그의 물음에 아이들은 어이가 없다는 표정을 지으며 대답했다.

"학교 건물이 폭격으로 파괴돼서 학교도 없고, 선생님도 다 도망갔어요."

이태석 수사는 아이들의 대답에 또다시 머리가 울리는 것 같았다. 학교가 없는 곳……. 그는 이제까지 학교 가기 싫다는 아이들은 봤어도, 학교도 선생님도 없어 학교를 못 간다는 아이들은 처음이었다.

정말 더 이상 말을 이을 수가 없었습니다. 전부가 부족하고 모든 것이 필요한 막다른 골목 같은 세상이었습니다. 하지만 그곳의 맑게 뛰어노는, 그리고 밝은 모습의 많은 젊은이를 보면서 '희망'이라는 단어를 떠올릴 수 있었습니다. 돈 보스코가 우리에게 물려준 올바르고 참다운 교육, 이성의 교육, 사랑의 교육이면 그들의 미래도 어둡지만은 않겠다는 생각을 할 수 있었습니다.

_ 이태석 수사가 현명한 관구장 신부에게 보낸 편지(1999년 10월 5일)

이태석 수사는 자신이 상상도 못 한 힘겨운 삶을 살아온 젊은이들을 만났고, 그들이 가진 깊은 상처와 아픔을 치유할 수 있는 건 사랑과 교육뿐이라던 돈 보스코의 예방교육을 떠올렸다. 자신이 도울수 있을 것 같다는 생각은 있었지만, 라이촉 마을에 갔을 때 경험한 것처럼 의술보다 더 중요한 건 어떤 어려움이라도 참고 이겨낼 수 있는 선교사로서 소명 의식과 이를 뒷받침할 영성이었다. 더 많은 기도와 수련이 필요했다.

사제 서품을 받고 선교사로 파견되려면 아직 2년이라는 시간이 필요했고, 의사로서 의학적 보완을 하려면 1~2년의 시간이 더 필요했다. 따라서 자신이 톤즈에 선교사로 오는 건 앞으로도 3~4년 후

에나 가능할 것 같았다. 그러나 마음속에서는 이곳에서 사제이자 선교사이자 의사로서 살아가라는 '하느님의 뚜렷한 목소리'가 느껴졌다.* 선교사라는 제2의 성소가 마음속 더 깊은 곳으로 들어온 것이다.

그곳의 절대적인 의료 시설의 필요성을 보면서 제가 그들에게 구체적인 도움을 주고, 하느님의 사랑을 전할 수 있겠다는 생각이 들었습니다. 하지만 문제는 제가 병원 일을 그만둔 지도 8년이나 되었기 때문에 많은 새로운 것들의 습득이나 warming up(준비)이 필요하다는 것입니다. 그래서 가톨릭대학병원이나 아니면 영어권 나라의 가톨릭 병원에서 1~2년간 practical training(실습)의 가능성도 저 혼자 생각을 해보았고, 혹시 너무 엉뚱한 생각이 아닌가 싶어 윤 신부님**에게 의견을 물어보기도 했습니다. 아직은 중요한 1년, 신학의 마무리 학년을 논문과 함께 끝내야 하기에 이런 생각들을 조금 뒤로 미루어보려고도 하지만, 그렇게 먼 미래의 이야기가 아니기에 저의 생각에 대한 관구장 신부님이나 여러 선배 형제님들의 의견이나 충고 등을 듣고 싶습니다. 많은 형제들에게 특별한 안부 전해주십시오. 그리고 저를 아는 우리 아이들, 특히 정말 보고 싶은 대림동 아이들

• 훗날 이태석 신부는 선교사를 지망하는 후배 수도자에게 "계속 기도하십시오. 반복이 되더라도 꾸준하게 선교 성소에 대해서 기도하십시오. 그러면 어느 날 내면에서 들려오는 뚜렷한 소리를 들을 수 있을 것입니다"라며 자신의 경험으로 조언했다. 이태석 신부가 강훈 수사에게 보낸 이메일(2009년 11월 24일) 참고.

•• 당시 세계 살레시오회 부총장이던 윤선규(루카스 반 루이) 신부. 한국에서 오랫동안 선교사 생활을 했다.

에게도 "사랑한다"는 말, 인사로 전해주십시오.

_ 이태석 수사가 현명한 관구장 신부에게 보낸 편지(1999년 10월 5일)

시간이 흐르면서 차츰 충격에서 벗어난 이태석 수사는 짬이 나는 대로 청소년들과 어울렸다. 영어를 할 줄 아는 청소년들은 곧잘 "설탕 좀 달라, 차tea를 달라, 옷을 달라"며 그를 쫓아왔다. 그건 귀찮기보다는 오히려 가슴이 아팠다. 끝없는 내전과 굶주림, 어려운 상황이 만든 필연적 결과라는 생각이 들어서였다. 그러나 돈 없는 수사 신학생이 그들에게 해줄 수 있는 건 친구가 되어주는 것뿐이었다.

톤즈에 도착한 지도 일주일이 지나 8월 8일 일요일이 되었다. 그는 톤즈에서 친구가 된 청소년들과 미사를 함께 드리며 각자 편한 언어로 '주님의 기도'를 바쳤다. "하늘에 계신 우리 아버지"라고 하는 순간, 이태석 수사는 온몸에 전율을 느끼며 마음속에서 울려오는 메아리를 느꼈다. '그렇다! 이들과 나는 한 분이신 하느님의 자녀인 것이다!' 그는 이때 선교사에 대한 결심을 굳히면서 앞으로 자신을 통해 하느님의 사랑을 이들에게 보여줄 수 있다면 좋겠다는 생각을 했다.* 그러나 그는 언제 이곳에 다시 오게 될지 알 수 없었다.

톤즈를 떠나기 전날인 8월 9일, 저녁 식사를 마친 이태석 수사와 제임스 신부는 수도원 앞마당에 앉았다. 제임스 신부가 먼저 입

---

* 기도 부분은 〈살레시오회 관구소식지〉 55호(2001년 7월)에 이태석 신부가 기고한 '새 사제의 소망 — 말라리아를 통해서 난 그들과 더욱 가까워졌다' 참고.

을 열었다.

"존 형제님, 지난 9일 동안 고생 많으셨습니다. 신학교에 돌아가서 남은 과정 잘 마치시기를 기도하겠습니다."

"고맙습니다, 신부님. 제가 상상하지 못했던 어려움도 있었지만, 이번 선교 체험 과정이 저에게 매우 귀중한 시간이 되었습니다. 마음속으로는 선교사에 대한 결심이 섰지만, 제가 이곳 톤즈에 돌아오기 위해서는 영적 훈련만이 아니라 의학 수련도 더 받아야 할 것 같습니다."

그는 제임스 신부에게 자신이 생각하는 의학 수련 과정에 대해 자세히 설명하면서 한 가지를 덧붙였다.

"그리고 제가 이곳에 오기 위해서는 어머니의 허락도 받아야 합니다. 아직 한국에서는 아프리카 선교가 매우 위험하다고 생각합니다. 어머니는 제가 이곳에서 선교사를 하겠다고 하면 신부가 되겠다고 말씀드렸을 때만큼 놀라실 겁니다. 의학 수련 과정도 그렇지만 어머니의 허락도 필요해서……. 언제 다시 톤즈로 오겠다는 말씀을 드리지 못하고 떠나게 되어 몹시 송구합니다. 라이촉 마을에서 부끄러운 모습까지 보여드렸는데……."

이태석 수사는 제임스 신부가 자신의 선교 체험을 위해 경비행기를 전세 낼 정도로 정성을 기울였다는 사실을 알기에 말끝을 흐렸다.

"아닙니다. 물론 형제님께서 사제 서품을 받은 후 이곳에 오시면 많은 일을 하실 수 있다고 믿습니다. 그렇지만 선교사 파견은 하느님의 뜻에 따라 이루어지는 일입니다. 형제님을 위해 기도하겠습니다."

"그렇게 말씀해주셔서 고맙습니다. 저는 이번 톤즈에서의 선교 체험을 통해 많은 것을 보고 느끼고 배울 수 있었습니다. 저도 다시 학교로 돌아가서 열심히 기도하겠습니다."

두 사람은 저녁기도를 드린 후 성가를 부르기 시작했다. 이태석 수사는 다시 한번 〈내 발을 씻기신 예수〉를 부르며 "주여 나를 보내 주소서 당신 손길 필요한 곳에" 구절을 마음에 새기듯 몇 번이나 되 풀이했다.

주여, 나를 보내주소서

8월 10일, 이태석 수사를 케냐 국경도시인 로키초기오로 데리고 가기 위한 세스나기가 톤즈에 도착했다. 그동안 살레시오 공동체에서 친구로 지낸 100여 명의 아이가 제임스 신부와 함께 그를 배웅하려고 경비행기 주변으로 몰려왔다. 제임스 신부가 그를 껴안으며 덕담을 건넸다.

"존 형제님, 신학교 잘 마치기를 기도하겠습니다."

"그동안 베풀어주신 신부님의 따뜻한 사랑에 깊은 감사를 드립니다. 신부님을 기억하며 늘 건강하시기를 기도하겠습니다."

제임스 신부에게 인사를 마친 이태석 수사는 마중 나온 소년들을 향해 힘차게 손을 흔들었다. 어떤 아이는 그에게 달려와 눈물을 글썽이며 품에 안겼다. 그는 소년의 머리를 쓰다듬으며 자신도 모르게 코끝이 찡해지는 걸 느꼈다. 그는 다시 한번 아이들을 향해 손을 흔들고는 비행기에 올랐다. 잠시 후 세스나기가 굉음을 내며 흙 활주로를 이륙하자 이태석 수사는 유리창 아래 보이는 아이들을 내려다봤다. 아이들은 오랫동안 손을 흔들었고, 그도 오랫동안 아이들을 향해 손을 흔들었다. '다시 돌아오겠다는 약속을 하지 못하고 떠나 미안하구나……. 그러나 너희들은 나의 마음속에 오랫동안 남을 것이다. 제임스 신부님, 당신은 정말 훌륭한 선교사이십니다. 당신을 존경합니다…….'

제임스 신부는 세스나기가 시야에서 사라질 때까지 그 자리에 서 있었다. 그는 이태석 수사가 톤즈에 돌아오는 일이 쉽지 않을 것 같다고 생각했다. 그래서 며칠 후 마촐라리 주교가 물었을 때 이태석 수사가 한 말을 전하며 계속 선교사를 구해보겠다고 대답했다.

로마행 비행기에 오른 이태석 수사는 의자에 앉아 지난 두 달의 시간을 돌이켜봤다. 새로운 경험을 많이 했고, 시간이 어떻게 지나갔는지 모를 정도로 빠르게 흘러갔다. 그중에서도 마치 과거의 세계를 다녀온 듯한 톤즈에서의 경험과 충격은 평생 잊지 못할 것 같았다. 그래도 톤즈의 청소년들과 함께하고 싶고, 그곳의 환자들을 치료하면서 육신과 영혼을 위해 헌신하고 싶다는 선교 성소를 확인한 것은 큰 은총이라 생각하며 다시 한번 하느님께 감사를 드렸다.* 그러나 공부를 마치려면 아직 2년이 남았다는 현실이 그의 머릿속을 복잡하게 했다. 학교가 없어 하루 종일 빈둥거리는 아이들, 하루 한

---

* 이태석 신부가 현명한 관구장 신부에게 보낸 편지(1999년 10월 5일) 참고.

끼도 제대로 먹지 못해 뼈만 앙상하게 남은 사람들, 전쟁으로 부서진 건물과 수족이 없는 장애인들, 거리를 누비는 헐벗은 사람들, 물한 동이를 얻기 위해 몇 시간을 걸어야 하는 아낙네들, 죽음을 기다리며 누워 있는 한센병 환자들의 처참한 모습이 계속 눈앞을 스쳤다. 그렇게 가난한 환경 속에서도 맑은 눈동자를 반짝이던 어린아이들을 생각하면 더욱 가슴이 저려왔다.

로마에 도착한 다음 날부터 그는 말을 잊은 사람처럼 아무런 이야기도 하지 않고 깊은 기도와 묵상에 빠져들었다. 백광현 수사와 신현문 수사가 아프리카에서 무슨 일이 있었는지 묻기도 했지만, 그는 나중에 대화하자며 십자가 앞에 무릎 꿇고 톤즈 사람들을 위한 기도뿐 아니라, 자신의 선교 성소에 어떻게 응답하는 게 좋을지 지혜를 달라고 기도했다.

8월 20일부터는 3주간 카타콤바에 있는 산타르치시오 공동체에서 종신서원을 위한 준비 피정이 있었다. 종신서원은 '가난하고 불우한 청소년을 위해 현대의 돈 보스코가 되어 일생을 다 바치는 삶을 살겠다'는 마지막 청원이었다. 종신서원을 함으로써 수도회의 종신회원이 된 사제 지망생들은 사제가 되기 전 단계인 부제품을 받을수 있었다. 그 1년 후에는 사제품을 받기 때문에 충분히 기도하면서 자유의지로 결정할 수 있도록 6개월 전부터 종신서원을 준비했다.

이태석 수사는 피정 기간 동안 기도하고 묵상했다. 하느님의 특별한 선물인 청소년들, 특히 도움이 필요한 청소년들에 대한 우선적 사랑에 관해 묵상했다. 그는 기도를 하면 할수록 톤즈 선교가 자신의 '제2의 성소'임을 확신했다. 큰 어려움에 처한 톤즈의 많은 가

난한 아이에게 우선적 사랑으로 온전히 투신하겠다는 간절한 마음
이 더욱 깊어져만 갔다. 우선적 사랑! 그것은 "사랑과 복음 전파를
보다 필요로 하는 가난하고 버림받고 위험 중에 있는 젊은이들에
대한 우선권을 재확인하며, 특히 보다 가난한 지역에서 일했던"• 돈
보스코의 가르침인 동시에 이태석 수사가 인턴 때 응급실에서 경험
한 '원칙'이기도 했다.

> 마치 병원 응급실에서 호흡이나 맥박 또는 혈압이 위태로운, 정말로
> 즉시 치료를 요하는 응급 환자가 그 환자보다 일찍 방문한 응급실의
> 다른 모든 환자들보다 치료의 우선권을 가지듯이, 그곳 아프리카의
> 상황들은 다른 지역의 어떤 문제 상황보다 우선되는 응급 상태임을
> 고려할 때 국적이나 인종을 초월한 도움의 손길들이 꼭 필요함을 생
> 각할 수 있습니다.
>
> _ 이태석 수사가 현명한 관구장 신부에게 보낸 편지(1999년 10월 5일)

그는 돈 보스코의 '우선적 사랑' 정신을 생각하며 "하느님, 저를
톤즈에 보내주십시오. 당신의 작은 도구로 저를 써주십시오. 하느
님, 당신을 사랑합니다. 제가 작고 겸손한 교사가 될 수 있도록 해주
십시오"라며 기도하고 또 기도했다.•• 그는 피정 기간 기도를 올리며

• 살레시오회 회헌 26조.
•• 〈살레시오 관구소식지〉 55호(2001년 7월)에 이태석 신부가 기고한 '새 사제의 소망 ―
   말라리아를 통해서 난 그들과 더욱 가까워졌다' 참고.

톤즈의 선교사로 떠나겠다는 제2의 성소에 대한 결심을 굳혔다. 물론 신학교도 마쳐야 하고 여러 가지 준비해야 할 것도 많지만, 하느님의 섭리를 믿고 기다리며 기도하면 길을 만들어주시리라는 확신이 들었다. 하느님의 부르심에 "저를 보내십시오"(《이사야서》 6장 8절)라고 응답한 것이다.

3주간의 피정이 끝나자 이태석 수사는 고열과 오한에 시달렸다. 그는 로마에 돌아오자마자 병원으로 갔고, 말라리아 확진 판정을 받았다. 피정을 떠나기 전부터 증세가 있었지만 피정 때문에 참았는데, 이번에는 심한 구토증까지 나타나 입원해야 하는 상황이었다. 말라리아는 종류에 따라서 약간의 차이가 있으나 잠복기가 15일 정도 되기 때문에 이제야 증상이 나타난 것이다. 이태석 수사는 병원에서 집중적인 약물 치료를 받았다. 원래 체력이 강한 그였지만 일주일간은 침대에서 많은 고생을 했다. 그러나 2주가 지나면서 그의 건강은 점차 회복되었다. 그가 퇴원하자 백광현 수사와 신현문 수사는 "아프리카에서 큰 기념품을 가지고 왔다"며 아프리카 선교 이야기를 꺼냈다.

"형, 이런 고생을 했으니 다시는 아프리카에 가지 않을 거죠?"

그러나 이태석 수사는 정색을 하며 되받았다.

"아니, 나는 갈 거다. 병원에 있을 때 어디서 말라리아에 감염된 걸까 생각해보니 수단에서였어. 그 덕에 고열과 싸우면서 오히려 수단을 더 자주 생각할 수 있었지. 그곳 주민들의 아픔을 100분의 1이라도 느끼며 동참할 수 있는 보배롭고 의미 있는 선물을 하느님께서 내려주셨다고 생각해. 이제 나도 그들과 같은 병을 앓았으니 그들과 같다. 이제 비로소 수단 사람들과 같아진 거야. 나는 수단에 꼭 갈 거다."

그는 말라리아를 통해 수단 사람들과 같아지는 체험을 했다며 선교사로서의 의지를 드러냈다. 그리고 한국의 현명한 관구장 신부에게 "저는 지금이라도 기회와 허락이 있다면 즉시 그곳으로 떠날 마음의 준비가 되어 있습니다. 당장 가겠다는 것이 아니라 지금의 제 생각과 마음가짐이 그렇다는 뜻이고, 신학 공부를 다 마치고 철저히 준비해서 가겠습니다"라고 편지를 보냈다.

이태석 수사는 3학년 1학기를 정신없이 바쁘게 보냈다. 3학년은 신학의 마무리 학년이라 논문을 써야 했기 때문이다. 그뿐 아니라 토요일과 일요일에는 지난 2년 동안 계속 다니고 있는 산바실리오라는 본당에 사도직을 하러 갔다. 오라토리오에서 교리 교육과 함께 아이들에게 기타를 가르치면서 청소년 사목에 대한 경험을 넓혀갔다.

1999년 12월 초, 교황청이 있는 로마는 지난 두 천년기를 마무리하고 새로운 천년기, 즉 21세기의 시작인 2000년을 '대희년大禧年'으로 맞이하는 준비로 분주했다. 희년禧年은 성경에 나오는 규정으로, 안식년이 일곱 번 지난 해, 곧 50년마다 돌아오는 해이다. 가톨릭 신자들에게는 '하느님의 사랑을 깨닫고 회개할 수 있도록 마련한 해'로 성년聖年의 의미가 있다.

12월 24일, 성탄 밤 미사를 위해 교황 요한 바오로 2세를 선두로, 김수환 추기경을 비롯해 전 세계에서 모여든 추기경과 주교, 사제와 수도자, 성가대와 교황청 주재 외교사절의 행렬이 성베드로 대성전으로 입장했다.

로마 제리니 공동체에서 텔레비전을 통해 이 장면을 지켜보던 이태석 수사와 백광현 수사, 신현문 수사는 한국 가톨릭의 높아진 위상에 가슴이 벅차올랐다. 교황은 성부와 성자와 성령께 특별한 은총을 청하며 2000년 대희년이 은총과 자유, 화해와 평화의 해가 되기를 청원하는 기도를 했다. 그리고 "주님이 은혜로운 해를 선포하게 하셨다"는 〈루카복음〉 4장 18~19절을 낭독한 후 '거룩한 문'을 여는 예식을 거행했다.

12월 26일, 놀랄 만한 소식이 들려왔다. 제리니 공동체의 멜리스 원장 신부가 12월 31일 교황 요한 바오로 2세가 집전하는 저녁 기도Te Deum(테 데움, 하느님께 드리는 감사)에 복사를 설 신학생은 신청하라고 한 것이다! 로마의 수도회나 신학원에서 공부하는 신학생들에게 교황이 집전하는 미사에 복사를 설 기회를 차례대로 주는데, 운 좋게도 1999년 12월 31일 살레시오대학교에 그 기회가 온 것이었다. 대희년을 맞이하는 1999년 마지막 날, 송년 감사를 위한 사은 찬미 기도에서 복사를 선다는 건 행운이고 영광이었다. 이태석 수사와 백광현 수사, 신현문 수사는 눈을 마주치며 손을 번쩍 들었다.

12월 31일, 세 명의 수사는 교황청 제의실에서 흰색 복사 제의로 갈아입은 후, 이태석 수사는 촛불, 신현문 수사는 교황의 목장牧杖, 백광현 수사는 십자가를 들고 성베드로 대성전에 입당했다. 대성전에는 대희년 행사에 참석한 추기경과 대주교, 주교, 신자가 가득했다.

교황 요한 바오로 2세와 함께

하느님께 드리는 감사 기도는 저녁 9시 25분에 마무리되었다. 이태석, 신현문, 백광현 수사는 요한 바오로 2세의 뒤를 따라 성베드로 대성전의 피에타상이 있는 곳의 교황 제의방까지 그를 수행했다. 교황 요한 바오로 2세는 수고들 했다며 일일이 손을 잡아주었고, 교황청 전속 사진사는 이 장면을 카메라에 담아 얼마 후 살레시오대학교로 보내주었다.

제리니 공동체 숙소로 돌아온 이태석 수사는 자신에게 1999년은 선교사라는 제2의 성소를 갖게 된 의미 깊은 해라고 생각하며 오랫동안 감사의 기도를 드렸다.

선교사의 십자가

2000년 1월 1일 아침, 새 천년기가 열리고 새로운 세기가 시작되는 아침, 이태석 수사는 성당의 십자가를 바라보며 가난하고 고통받는 청소년들과 함께하는 대희년이 되게 해달라고 기도했다. 교황 요한 바오로 2세는 새 천년기를 맞이하며 가톨릭교회가 쇄신해 복음화를 향한 힘과 열정을 회복해야 한다고 강조했다. 그리고 지금의 청소년, 청년이 새 천년기 복음화의 주역이기 때문에 그들의 힘과 에너지가 교회의 새로운 희망이라며 청소년 복음화도 강조했다. 이태석 수사는 이런 교황의 말씀을 떠올리며, 늘 그들과 함께하는 겸손한 선교사가 되게 해달라고 두 손 모아 기도했다.

봄이 되면서 이태석 수사는 3학년 2학기 공부에 매진하느라 정신이 없었다. 신학의 마지막 학년이라 논문을 끝내야 했다. 4월 27일,

종신서원을 하는 이태석 수사

이태석 수사 맞은편에 앉은 사람이 당시 세계 살레시오회 부총장이던 벨기에 출신 윤선규
신부이다. 그는 1964년부터 3년간 한국에서 사목 실습을 한 뒤, 벨기에로 돌아가 1970년
사제품을 받았다. 1972년 한국에 재입국해 10여 년 동안 청소년 사목을 펼치고, 한국지부
장을 지냈다. 살레시오회 로마본부의 청소년 사목 담당 총평의원, 세계 살레시오회 부총장
을 역임한 후 2003년 벨기에 겐트 교구장으로 임명됐다.

그는 이탈리아 토리노의 발도코에 있는, 돈 보스코가 쓰던 방에서 백
광현·신현문 수사 등 동료들과 함께 당시 세계 살레시오회 부총장
이던 윤선규 신부 앞에서 "평생토록 순명 청빈 정결하게 살기로 서
원하나이다"라며 종신서원을 한 후 종신서원을 기념하는 십자가 목
걸이를 수여받았다. 한국 살레시오회에서 15년 동안 선교 활동을 한
윤 부총장 신부는 종신서원 십자가를 목에 건 세 명의 한국 살레시
안을 유창한 한국말로 축하해주면서 함께 기념사진을 찍었다.

종신서원 다음 단계는 부제 서품으로 신학부 3학년 수료 후인

6월 말로 예정되어 있었다. 부제가 되면 성직자 자격을 부여받으며 성당에서 강론을 할 수 있고 장례 예절을 집전할 수 있다.* 그리고 부제 서품식 때 십자가 앞에서 하느님의 부르심에 응답하고 평생을 성직자로 살아가겠다고 서약해야 하기 때문에 수품자들에게 부제품의 무게는 사제품에 비해 결코 가볍지 않았다.

이태석 수사의 기도와 묵상은 더 깊어졌다. 그는 시간이 날 때마다 자신이 성직자, 특히 제2의 성소인 선교사로서 필요한 덕목을 갖췄는지 묵상했다. 그리고 돈 보스코가 토리노 밖에 있는 미라벨로 오라토리오를 열고 루아 신부**를 파견하면서 한 말을 깊이 새겼다.

"루아 신부, 자네에게 한 가지만 당부하겠네. 다른 무엇에 앞서 아이들이 자네를 사랑하도록 만들어보게. 결국 최종적으로 가장 중요한 것은 사랑뿐이라네."

아이들을 사랑하는 것도 중요하지만, 더 중요한 일은 아이들로부터 사랑받는 선교사가 되는 것이란 뜻이었다. 그 말이 매우 어려운 '숙제'라는 건 1995년 1월부터 2년 동안 대림동 살레시오청소년센터에서 청소년들과 함께 지내며 사목 실습을 할 때 느꼈다. 그들이 스스로를 불행하다고 생각하는 가장 큰 이유는 자신이 사랑받지 못한다고 느끼기 때문이었고, 그렇게 자란 청소년들의 마음을 바꾸

- 가톨릭에서 성직자는 성품聖品성사를 받은 자를 가리키며, 성품에는 주교품, 사제품, 부제품이 있다. 사제가 되기 위해서는 통상 7년의 학업과 수련 과정을 이수해야 하는데, 보통은 대학원에서 3학기를 마치고 부제품을 받는다. 통상적으로 부제품 1년 뒤에는 사제품을 받는다.
- 교황 바오로 6세는 루아 신부가 선종한 후 그를 성인 이전 단계인 복자福者품에 올렸다.

는 일은 결코 쉽지 않았다. 그들의 닫힌 마음을 열기 위해서는 오래 인내하면서 사랑의 마음으로 다가가야 했다. 이태석 수사는 자신과 풍속, 언어, 피부색이 다른 톤즈 아이들의 마음을 얻기 위해서는 더 많은 인내와 노력이 필요할 거라고 생각하며 오래 참을 줄 아는 선교사가 되게 해달라고 기도했다.

이태석 수사는 기도할수록 톤즈의 아이들이 생각나면서 선교사로의 부르심이 점점 더 깊어짐을 느꼈다. 아프리카에서도 가장 열악하고 힘든 곳이기에 제임스 신부와 함께 톤즈 공동체를 재건하고, 방치된 환자들 그리고 방황하는 아이들과 더불어 희망의 꿈을 키워나가고 싶었다.

부제 서품식이 다가오자 이태석 수사의 어머니와 넷째 누나가 한국에서 비행기를 타고 로마에 도착했다. 성직자로서 첫발을 내딛게 된 걸 축하하기 위해서였다. 그는 공항으로 나가서 반갑게 가족과 해후했다. 한국 살레시오회에서는 현명한 관구장 신부가 왔고, 백광현 수사의 어머님과 형님, 신현문 수사의 누님도 함께 왔다. 하지만 수품자들은 서품 준비 때문에 가족들과 제대로 회포를 풀 시간이 없었다.*

6월 28일, 로마의 예수성심대성당에서 부제 서품식이 거행되었다. 장엄한 전례 가운데 시작된 서품식은 주교의 안수와 엄숙한 서품 기도, 착의식, 복음서 수여 및 평화의 인사로 마무리했다.

서품식을 마친 후, 이태석·백광현·신현문 세 부제는 가족들과

• 부제 서품 과정, 가족과의 만남 부분은 2020년 6월 백광현 신부의 증언 참고.

돈 보스코가 직접 지은 로마 예수성심대성당에서 부제 서품을 받은 이태석 부제
이태석 부제의 왼쪽은 백광현 부제, 오른쪽은 신현문 부제이다.

단체로 로마 성지순례를 하며 즐거운 시간을 보냈다. 세 부제와 가족은 함께 저녁 식사를 한 후, 로마의 석양이 보이는 손님방 발코니에 모여 차를 마시며 환담하는 시간을 가졌다. 서품 후에 어떤 사목을 할지가 화제에 올랐다. 그때 백광현 부제가 이태석 부제는 서품후 아프리카로 선교를 간다면서 용기와 믿음을 칭찬하는 덕담을 건넸다. 그 순간 이태석 부제의 어머니는 '이게 무슨 소리인가' 하는 얼굴로 아들을 바라봤다. 이태석 부제는 당황해서 어쩔 줄 모르며 낭패한 표정을 지었다. 백광현 부제는 당연히 그가 가족들과 상의했다고 생각하며 자연스럽게 말을 꺼낸 것이었다. 하지만 이태석 부제는 그때까지 어머니와 가족에게 톤즈 선교에 대해 이야기하지 않고 어떤 방법으로 말해야 어머니가 충격을 덜 받을지 궁리하고 있던 차였다.

"한국에도 아프고 가난한 사람들이 얼마나 많은데 왜 하필 아프리카니……."

어머니는 아들이 큰 뜻을 품고 누구도 함부로 시도하지 못하는 길을 가겠다는데 응원은 못 할망정 말리고 있으니 부끄러운 한편, 그 덥고 병 많은 곳에서 아들이 고생할 생각을 하니 마음이 아파 선뜻 다녀오라고 말할 수가 없었다. 하지만 아들의 고집을 어떻게 꺾을 수 있으랴. 어색한 침묵과 긴장 속에 각 가족은 자리에서 일어났다.[*]

어머니와 넷째 누나가 한국으로 돌아가자 이태석 부제는 가을에 시작하는 마지막 학년 준비를 했다. 이때 그는 자신이 전공하는 신학부 과목이 아니라 교육학부 과목인 청소년사목학, 복음화와 교리 교육, 종교사회학의 청강을 신청했다. 신학교를 마치고 사제 서품을 받은 후 톤즈로 갈 생각이었기 때문에 전공과목 외에 선교사의 꿈을 실현하는 데 필요한 과목을 선택한 것이다.[**]

9월 중순, 살레시오회 본부에서 2000년 대희년과 살레시오회 선교사 파견 125주년을 기념하기 위해 세계 각국으로 파견할 선교

- 관련 내용은 〈우먼센스〉 2011년 2월호의 이태석 신부 어머니 인터뷰 기사를 바탕으로 재구성했다.
- 〈살레시오회 관구소식지〉 52호(2001년 1월)에 이태석 신부가 기고한 '로마에서 온 편지'와 2020년 9월 22일 백광현 신부의 증언 참고.

사를 모집한다는 소식이 들려왔다. 살레시오회는 지난 1875년부터 1999년 사이에 125회에 걸쳐 9,900명의 살레시오 수사와 신부를 선교사로 파견하면서 선교사 십자가를 수여했는데, 이번 해는 대희년의 의미에 맞춰 보다 큰 규모의 파견을 계획했다. 선교사로 지원하면 10월 말 로마에서 선교사 연수 교육(양성 교육)을 받은 다음 살레시오회가 창설된 토리노의 발도코로 이동해 돈 보스코 성지를 순례하고, 11월 11일 '도움이신 마리아 대성당'에서 파견 미사와 함께 총장 신부로부터 선교사 십자가를 받을 예정이었다.

이태석 부제는 선교사 파견 미사의 장엄한 모습이 눈앞을 스치는 듯해 가슴이 뛰었다. 그러나 그는 아직 신학대학을 졸업하지 않은 부제 신분이었고, 내년에 사제 서품을 받은 후에도 병원에 가서 아프리카 풍토병과 한센병 환자들에 대한 의료 실습을 한 다음 톤즈로 떠나겠다고 생각한 터라 파견 시기를 특정할 수 없었다. 그래도 이태석 부제는 기왕이면 대희년에 선교사 십자가를 받고 싶다는 생각에 용기를 내서 세계 살레시오회 총장 후안 에드문도 베키Juan Edmundo Vecchi(1931~2002) 신부에게 자신의 간절한 마음을 담아 장문의 선교사 청원서를 보냈다. 아프리카 선교 체험으로 수단 남부의 톤즈 공동체에 갔을 때 선교사로서의 부르심을 강하게 느꼈고, 지금도 같은 마음이라면서 올해에는 갈 수 없지만 1~2년 후에는 반드시 갈 결심이 섰으니 2000년 대희년에 선교사 십자가를 받게 해달라는 내용이었다. 청원서를 보낸 후 그는 올해에 꼭 선교사 십자가를 받게 해달라고 기도했고, 얼마 후 베키 총장 신부로부터 청원을 허락한다는 답신을 받았다.

그는 10월 말 로마 제리니 공동체에서 개최한 선교사 양성 교육에 참석했다. 이 교육에는 선교 청원을 했거나 이미 선교지에서 활동하고 있는 85명의 살레시오 회원이 참석했는데, 한국에서는 이태석 부제 외에 수년 전부터 북방 선교에 몸담아온 임동환 신부, 김옥주 신부, 최용섭 수사 그리고 몽골 선교사로 파견될 이호열 신부가 참석했다. 이태석 부제는 강사 신부들의 선교 체험담에 귀 기울이며 중요하다고 생각하는 부분은 노트에 적었다. 로마에서의 교육이 끝나자 참석자들은 돈 보스코의 마음을 고스란히 간직한 토리노의 발도코로 이동했다.

그해 11월 11일, 1875년 11월 11일 돈 보스코가 첫 번째 선교사를 파견한 이래 125차를 맞은 선교사 파견 미사가 살레시오회 총장 후안 에드문도 베키 신부의 주례로 토리노 발도코의 도움이신 마리아 대성당에서 장엄하게 봉헌되었다. 24일의 준비 기간을 거친후 거행하는 전통적인 선교사 파견 미사였다. 베키 총장 신부는 강론을 통해 돈 보스코의 "주님께서 여러분에게 맡겨주신 장소에서 훌륭한 표양과 언어로 영혼들을 구원하도록 노력하십시오"라는 말을 인용하면서 "선교란 결코 쉽지 않은 시간이 필요하고, 헌신하는 삶을 통해 열매를 맺는 일"이라며 인내와 사랑을 강조했다.

이태석 부제는 강론을 들으며 선교사에게 가장 필요한 덕목은 신앙에서 우러나오는 사랑과 인내라는 사실을 다시 한번 가슴 깊이 새겼다. 그는 톤즈의 아이들이 보고 싶었다. 티 없이 맑은 검은 눈동자와 해맑은 미소……. 내전이 계속되는데 정치, 경제, 교육 등 모든 상황이 최악인 톤즈의 아이들은 모두 잘 지내고 있을까……. 그

살레시오회 125차 선교사 파견 미사에 참석한 이태석 당시 부제와 동료 수도자들

는 선교지에 대한 두렵고 떨리는 마음보다는 하루빨리 톤즈에 가서 절망을 딛고 함께 희망을 찾으며 미래를 향해 달리고 싶은 마음뿐이었다. 그 순간 가슴이 벅차올라 뜨거운 눈물이 쉬지 않고 흘러내렸다.

파견 미사는 베키 총장 신부로부터 선교사 십자가를 수여받으며 마무리되었다. 참석한 살레시오 가족들은 선교사 십자가를 앞세우고 아프리카, 아시아, 유럽, 라틴아메리카 등 전 세계로 떠나는 85명의 '돈 보스코의 아들'들과 포옹하며 그들의 앞날을 격려했다. 긴 여정의 시작이었다. 이태석 부제 또한 하느님의 아들로, 돈 보스코의 아들로 자신 앞에 펼쳐질 선교사의 길을 달려가겠다며 다시 한번 선교사 십자가를 굳게 잡았다. 며칠 후 로마로 돌아온 그는 한국의 현명한 관구장 신부에게 선교사 파견 미사에서 느낀 자신의 심정을 고백하며 톤즈 선교에 대한 강한 의지를 밝혔다.

한 달 전에 참여했던 '선교사 십자가' 수여식은 정말 멋지고 값진 경험이었습니다. 가슴 뭉클한 순간들이 많았고, 주체할 수 없는 눈물과 싸워야 했던 순간들도 있었습니다. 마치 일이나 전쟁을 위해 먼 길을 떠나는 아들이 아버지에게 떠나기 직전 절을 올리는 것과도 같은 심정이었습니다. 예식 도중에 제대 위에 있는 도움이신 마리아를 보면서 어려운 순간순간에 정말로 나를 지켜주실 거라는 생각이 많이 들었습니다. 그리고 로마로 다시 돌아오기 전 돈 보스코의 유해 앞에서 오랜 시간 기도할 수 있었습니다. 그렇게 편안할 수가 없었습니다. 정말 은혜로운 순간들이었습니다. 아프리카에서 어려운 상황이 닥칠 때면 돈 보스코와 도움이신 마리아 앞에서 받은 큰 감동이 저에게 크게 도움이 되리라 믿습니다. 정말로 가난한 한 선교사의 모습으로 오신 아기 예수님의 성탄이 마음 안에서도 이루어지기를 기도드립니다. 성탄 축하합니다. 형제들에게 안부 전해주십시오. 다음에 또 연락드리겠습니다.

_〈살레시오회 관구소식지〉 52호(2001년 1월)에 실린 '로마에서 온 편지'

12월 중순, 대학원 과정 1학기를 마친 이태석 부제는 많은 일이 있었던 2000년을 돌이켜봤다. 종신서원과 부제 서품 그리고 대희년 선교사 십자가를 수여받은 순간들을 돌아보며 내년 여름의 졸업과 사제 서품을 준비하기 위해 도서관으로 발길을 옮겼다.

발을 씻어주시는 예수님

2001년 3월 25일, 이태석 부제는 사제 서품을 받기 위해 '사제 서품 청원서'를 제출했다. 1991년부터 10년 동안 수많은 단계를 거쳐서 도달한 사제 양성 과정의 마지막 단계였다. 그는 이미 돈 보스코의 아들이 되어 톤즈로 떠날 결심을 굳히고 선교사 십자가까지 받았기에 아무런 망설임 없이 청원서를 작성해서 제출했다.

이태석 부제는 살레시오대학교 신학부를 마치고 6월 15일 귀국했다. 그리고 다음 날부터 일주일 동안 서품 피정에 참석한 후 부산에 계시는 어머니에게 인사드리러 갔다. 4년 만의 귀국이라 멀리 사는 누님들도 와서 이야기꽃을 피웠다. 그는 어머니가 1년 동안 마음의 준비를 하신 듯 보여 다행스럽게 생각하며 로마에서의 사진을 보여드렸다. 그때 어머니가 아들을 바라보며 조심스러운 목소리로 말씀하셨다.

"그런데 나는 아직 힘들다. 아프리카에 가면 잘 먹지도 못할 텐데……."

이태석 부제는 고개를 떨궜다. 세상 어느 어머니가 자식이 지구 반대편에 선교사로 가겠다는 걸 쉽게 보낼 수 있겠는가. 그러나 톤즈로 가는 일은 송구하고 죄스러운 마음보다 더 중요하고 소중했다. 톤즈의 아이들만 생각하면 하루라도 빨리 가고 싶은 마음뿐이었다. 그는 힘들게 입을 열었다.

"어머니, 정말 죄송합니다. 저를 번듯하게 키워주시고 의대까지 보내주셨는데 효도 한 번 못 해서……. 그러나 톤즈는 제가 필요한 곳입니다. 제가 가서 할 일이 많은 곳이니 어머니께서 이해해 주세요."

"아직 우리나라에도 어려운 사람이 많은데, 우리나라 외딴섬 같은 곳에 가면 안 되겠니?"

"어머니 말씀대로 아직 우리나라에도 관심과 손길이 필요한 곳이 많습니다. 하지만 우리나라에는 저 말고도 갈 수 있는 성직자들이 있습니다. 그런데 그곳은 병원도 없고 학교도 없어서 제가 가야 해요……."

어머니는 알고 계셨다. 그의 결심을 돌릴 수 없다는 걸. 이태석 부제는 차마 더 할 말이 없어 "어머니 너무 걱정하지 마세요……"라고 얼버무릴 수밖에 없었다.*

• 관련 내용은 〈시사저널〉 1107호(2011년 1월)에 실린 이태석 신부의 둘째 형 이태영 신부 인터뷰 기사를 바탕으로 재구성했다.

142
신부 이태석

대림동 수도원으로 돌아온 그는 작년엔 크게 힘들어하시던 어머니가 이제는 많이 받아들이신 것 같다는 생각에 안도하며 하느님께 감사의 기도를 올렸다.

그는 며칠 동안 기도와 묵상을 하며 사제 서품 상본을 생각했다. 상본은 예수님이 등장하는 성화와 사제 생활을 하는 동안 가슴에 품을 성경 구절을 인쇄한 카드였다. 사제 서품에 참석한 신자들에게 기도를 부탁하며 상본을 나눠주어 이태석 부제는 고민이 많았다. 그가 그동안 어떤 사제, 어떤 선교사가 되어야 할지 기도하면서 얻은 결론은 자신을 낮추고 톤즈의 청소년들과 주민들을 온전히 섬기고 사랑하는 것이었다. 그 모습에 어울리는 성화는 무엇일까? 그는 자신이 즐겨 부르던 갓등중창단 신상옥의 〈내 발을 씻기신 예수〉를 떠올리며 지거 쾨더Sieger Köder(1925~2015)가 그린 〈발을 씻어주시는 예수님〉을 선택했다.

그러나 상본 뒷장에 들어갈 성경 구절을 정하는 건 쉽지 않았다. 제자들의 발을 씻겨주시는 모습이 나오는 〈요한복음〉 13장의 "내가 너희에게 한 것처럼 너희도 하라고 내가 본을 보여준 것이다"라는 구절은 자신의 각오이기 때문에 신자들이 기도하기에는 어색했다. 자신이 좋아하는 〈마태오복음〉의 "가장 보잘것없

이태석 신부가 상본 성화로 선택한 지거 쾨더의 〈발을 씻어주시는 예수님〉

는 형제 한 사람에게 해준 것이 곧 나에게 해준 것과 같다"라는 구절도 떠올랐지만, 이 역시 자신의 마음가짐이기에 기도로는 어울리지 않았다. 그는 이때부터 가난하고 보잘것없으며 도움이 필요한 청소년들을 어머니의 마음으로 돌보시는 자비로우신 하느님, 무한한 사랑의 하느님 모습을 특별히 마음에 품고 묵상했다. 어머니의 사랑보다 더 크고 끝없이 자비로우신 하느님의 모습을 증거하는 사제요, 선교사에게 필요한 성경 구절은 무엇일까? 그는 기도 끝에 "설령 여인들은 잊는다 하더라도 나는 너를 잊지 않는다"(〈이사야서〉 49장 15절)를 자신의 사제 서품 성구로 선택했다.* 나약한 자신이 믿을 곳은 변하지 않는 하느님의 사랑이기에 신자들이 자신을 위해 기도하는 구절로도 적합할 것 같았다.

2001년 6월 24일, 구로3동성당에서는 살레시오회 수도자들의 부제와 사제 서품식이 김수환 추기경의 주례로 거행되었다. 본격적인 서품 순서가 되자 성당 안에는 엄숙한 침묵이 감돌았다. 제대 앞에 준비된 의자에 앉은 이태석 부제는 잠시 눈을 감고 심호흡을 했다. 얼마 후 '이태석 세례자 요한 부제'를 부르는 소리가 들렸다. 어머니와 가족들 그리고 신자들의 눈동자가 '불림'을 받은 이태석 부제에게 향했다. 그는 두 손을 가슴 아래에 가지런히 모으고 일어나 큰 목소리로 "예, 여기 있습니다"라고 대답한 후 제대 앞으로 나갔다. 김수환 추기경은 "주 하느님과 우리 주 예수 그리스도의 도우심에 힘입어 나는 이 사람들을 사제품에 올리겠습니다"라고 선언한

• 2020년 9월 서품 동기 백광현 신부의 증언.

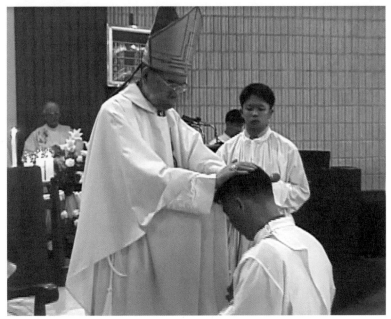

김수환 추기경이 주례하는 사제 서품식

후 눈을 감고 기도했다. 참석자들은 "하느님 감사합니다"라며 새 신부들의 탄생을 축하했다.

준비 또 준비

사제 서품식이 끝난 후, 이태석 신부는 현명한 관구장 신부와 선교사 파견 일정 및 의료 실습 일정에 대해 상의했다. 그는 의료 실습을 단기간에 끝내고 하루라도 빨리 톤즈로 가고 싶다면서, 다시 한번 아프리카 톤즈에 뼈를 묻겠다는 결심을 밝혔다. 그의 의지를 확인한 현명한 관구장 신부는 살레시오회 동아프리카 관구와 연락을 했다. 이 과정을 통해 이태석 신부는 한국 살레시오회가 아니라 동아프리카 살레시오회 소속이 되었다. 이는 단기 선교가 아니라 아프리카와 영원히 함께하는 선교사가 된다는 것을 의미했다. 그가 선교사 십자가를 받을 때부터 예정된 길이었다. 그는 톤즈의 제임스 신부에게 자신이 동아프리카 관구 소속 신부가 되었다며, 다시 만날 날이 머지않았음을 알렸다.

선교사 파견 미사

8월 27일 오후 8시, 서울 대림동 살레시오 수도원 성당에서 수도회 가족들이 참석한 가운데 현명한 관구장 신부의 주례로 이태석 신부의 해외 선교 파견 미사가 봉헌되었다. 그는 기쁨에 찬 얼굴로 환송 인사를 하면서 낮은 자세로 톤즈의 청소년들과 주민들을 사랑하고 섬기겠다는 의지를 밝혔다. 다음 날 그는 살레시오회의 가족 수도회인 '예수의 까리따스 수녀회'에서 운영하는 순천 성가롤로병원으로 내려가 10여 년간 벗었던 의사 가운을 다시 입었다. 그리고 6주 동안의 의료 실습이 끝난 뒤 마침내 2001년 10월 아프리카 케냐로 향했다.

그는 나이로비 살레시오 수도원에 도착한 후, 250km 북쪽에 있는 코톨렌고 선교병원Cottolengo Mission Hospital으로 이동했다. 살레시오회 동아프리카 관구에서 이태석 신부가 말라리아, 장티푸스 같은 아프리카 풍토병에 대한 의료 실습을 할 수 있도록 주선해준 병원이었다. 그는 코톨렌고 선교병원에서 한 달에 걸쳐 의료 실습을 한 후 나이로비로 돌아와 한국의 현명한 관구장 신부에게 자신이 생각하고 있는 계획과 심정을 담은 편지를 보냈다.

많은 생각들과 새로운 계획들을 머릿속에서 만들어보지만 어디서부터 시작을 해야 할지, 어떻게 그리고 무엇으로 시작해야 할지 막연하기만 합니다. 하지만 '주님께서 저를 이곳으로 불러주셨고, 저 또한 그 부르심에 응답을 했으며, 주님이 불러주신 그곳으로 드디어 들어갈 수 있게 되었구나'라고 생각하면 그렇게 기쁠 수가 없고 많은 위안을 얻습니다. '이곳으로 불러주신 만큼, 그분께서 어떻게 알아서 해주시겠지! 알아서 하이소'라는 식의 경상도 특유의 깡다구가 제 마음 안에서 발동하고 있습니다. 좋은 말로 하면 '섭리에 대한 믿음'이라고도 할 수 있는지 모르겠습니다. 아무튼 마음을 비우니 걱정도 사라집니다. (…) 성령의 활동과 그분의 섭리를 믿고, 또한 하느님의 사랑을 그곳 주민들에게 전한다는 생각을 잊지 않으면서, '천 리 길도 한 걸음부터'라고, 하나하나씩 차근차근히 해나갈 생각입니다.

_ 이태석 신부가 현명한 관구장 신부에게 보낸 편지(2001년 11월 30일)

그는 선교사를 향한 자신의 꿈이 이루어졌다는 생각에 가슴이 벅차오르면서도 과연 잘 해낼 수 있을지 걱정도 되었다. 그는 나이로비 수도원 성당에서 십자가를 바라보며 무릎을 꿇었다. 선교사에게 필요한 '믿음', '인내', '기다림' 세 단어를 떠올리며 기도와 묵상을 했다. 그는 자신을 부르고 자신을 그곳으로 보낸 주님의 섭리를 믿었다. 그리고 어떤 어려움이 닥쳐도 포기하거나 물러서지 않고 최선을 다하겠다며 고개를 숙이고 두 손을 모았다.

2001년 12월 7일 아침, 이태석 신부는 선교사 십자가를 목에 걸었다. 그리고 가슴을 활짝 펴고 보고 싶은 아이들과 환자들이 기다리는 톤즈를 향해 떠났다.

사랑

III

주님, 알아서 하이소

톤즈의 12월은 우기가 끝나고 건기가 시작되는 시기였다. 추수가 끝난 벌판에는 아무것도 남아 있지 않았고, 주민들은 여전히 하루 한 끼로 연명했다. 6개월 전, 미국 상·하원은 수단 평화법을 통과시키면서 수단 북부의 이슬람 세력 정부군과 남부 원주민 저항군 사이의 내전을 종식시키기 위해 중재에 나섰다. 그러나 휴전을 이끌어내는 데는 실패했다. 1983년부터 계속되어온 수단의 2차 내전은 원주민들 사이의 인종 전쟁까지 겹쳐 상황이 매우 복잡했다. 엎친 데 덮친 격으로 9월 11일 오사마 빈라덴의 알카에다가 미국에 테러 공격을 감행하자, 미국은 수단 정부군과 함께 북부 지역에 있는 알카에다 세력과 연계된 조직을 색출하기 시작했다.* 수단 남부의 독립을 위해 투쟁하는 반군 조직인 수단인민해방군은 2001년 9월, 톤즈를 점령하고 있던 북부 정부군과 전투를 벌였다. 정부군은 전투기를 동원해 톤즈를 폭격했고, 이때 많은 사상자가 발생하면서 살레시오 수도원에 있던 학교 건물도 파괴되었다.

이태석 신부가 수단 남부에 있는 톤즈에 도착했을 때는 정부군이 퇴각해 총성이 멈춰 있었다.

이태석 신부를 태운 세스나 경비행기가 톤즈의 흙 활주로에 착륙하자 기다리고 있던 제임스 신부가 밝은 미소를 지으며 다가와 포옹했다. 그도 제임스 신부를 힘껏 끌어안았다.

"제임스 신부님, 제가 다시 왔습니다."

"존 신부님, 톤즈에 오신 것을 환영합니다."

제임스 신부는 이태석 당시 수사가 다시 오겠다는 확답을 하지 않고 떠난 데다 중간에 소식도 없어 톤즈로 돌아오지 않을 것이라 생각하고 있었다. 그런데 석 달 전에 동아프리카 관구로 소속을 옮기고 톤즈의 선교사로 파견된다는 편지를 받았다. 그는 자신의 선교 체험 권유가 2년 반 만에 결실을 맺어 톤즈에 꼭 필요한 선교사가 온다는 사실에 기쁨을 감추지 못했다.

제임스 신부가 운전하는 낡은 지프차를 타고 살레시오 수도원에 도착한 이태석 신부는 수도원에 짐 가방을 들여놓고 마당으로 나왔다. 신부 한 명과 수녀 세 명이 환하게 미소 지으며 그를 환영했다.

• 수단의 내전 상황은 더글러스 H. 존슨의 《수단 내전》(양서각, 2011, 372~373쪽) 참고.

"존 리 신부님, 톤즈에 오신 것을 환영합니다. 저도 세례명이 '존'인 피터 신부입니다."

피터 신부는 제임스 신부와 같은 인도 살레시오회 출신으로 연배는 이태석 신부와 비슷하지만, 사제 서품은 10년 먼저 받았다. 동아프리카 선교를 지원해 나이로비에서 활동하다가 작년에 톤즈의 돈 보스코 학교 재건을 위해 교장으로 파견된 참이었다.

"반갑습니다, 피터 신부님. 앞으로 잘 부탁드립니다."

그는 수녀들과 눈인사를 나눈 후 제임스 신부에게 진료소를 보고 싶다고 했다.

흙과 대나무로 지은 세 칸짜리 움막 진료소를 보는 순간 이태석 신부는 한숨이 나왔다.* 입구는 허리를 90도 이상 굽혀야 할 정도로 낮고, 안으로 들어간 뒤 30초 정도는 기다려야 뭔가가 보일 만큼 아주 어두운 곳이었다. 찬찬히 살펴보니 대나무로 얼기설기 엮어 만든 것이라 볼품은 없었지만, 그래도 진료소라고 침대는 하나 놓여 있었다. 앞으로 이곳에서 환자를 봐야 한다는 사실이 막막하기도 하고 서럽기도 했다. 전에 왔을 때로부터 2년 반이 지났으니 조그맣더라도 벽돌이나 콘크리트 건물은 마련했을 줄 알았다.

그는 허탈한 생각에 넋 나간 사람처럼 잠시 서 있었다. 그때 밖에서 웅성웅성하는 소리가 들렸다. 서너 명의 남자가 담요로 싼 환자 한 명을 막 진료소 앞에 내려놓고는 사람이 죽어간다고 도와달

• 도착 첫날과 다음 날 내용은 이태석 신부가 한국 살레시오회 현명한 관구장 신부와 지인들에게 보낸 편지, 〈살레시오가족지〉 53호(2002년 3·4월)에 이태석 신부가 기고한 '형제적 사랑의 연결 고리가 되어' 참고.

초창기 움막 진료소

진료소에서 기다리는 사람들

이태석 신부가 미사를 집전하던 톤즈 성당

라며 소리를 질렀다. 임신 5개월에 자연유산으로 죽은 태아를 분만한 후 하혈이 멈추지 않아 급하게 실려 온 환자였다. 피를 얼마나 흘렸는지 얼굴이 창백하다 못해 거의 백인 같았다.

혈압기를 부탁하니 어디서 가져왔는지 10분이 지나서야 먼지투성이 구식 혈압기를 보조 간호사라고 하는 직원이 맨손으로 대충 닦으며 건네주었다. 혈압 측정을 부탁하고 맥을 짚어보니 매우 약했다. 혈압을 재던 간호사는 "Blood pressure is OK(혈압은 괜찮습니다)"라고 약간 더듬거리며 알려주었다. 이상하다 싶어 직접 재어보니 혈압이 60mmHg 이하였다. 60mmHg 이하의 혈압을 정상이라고 보고하다니……. 하지만 혈압이 너무 낮은 터라 간호사에게 화를 낼 틈도 없이 급히 검진을 시작했다. 태반이 아직 자궁 경부에 꽉 막혀 나오지 않은 데다 자궁 수축이 없는 상태였다. 자궁수축제와 포도당을 주사하기 위해 토니켓(노란 고무줄)을 부탁했는데 그것마저 없었다. 하는 수 없이 다른 사람이 손으로 환자의 팔을 누른 채 혈관을 겨우겨우 잡아 주삿바늘에 링거를 연결했다. 정말 무엇 하나 제대로 갖추어진 것이 없어 눈물이 날 지경이었다.

진료를 마치고 수도원으로 돌아온 그는 열악한 진료소 환경에 고개를 저었다. 나름대로 준비와 각오를 다지고 왔지만, 상상을 초월하는 상황 앞에서는 황당하다는 생각만 들 뿐이었다. 저녁기도 시간이 되자 제임스 신부가 그를 앞마당으로 데려갔다.

"존 신부님, 2년 반 동안 나름 노력했지만, 룸벡 교구의 재정이 너무 빈약해서 전문 인력을 구할 수 없었습니다. 그래서 진료소를 제대로 운영하지 못하고 있는 현실입니다……."

처음 톤즈에 도착한 모습

도착한 첫날 톤즈 아이들과 함께

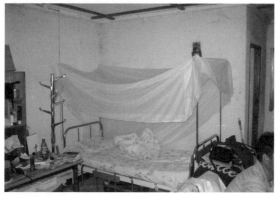

수도원 방 내부

폐허가 된 학교

톤즈 수도원은 룸벡 교구 관할로 교구의 지원을 받고 있었다. 교인들이 거의 헌금을 할 수 없는 처지의 교구이기 때문에 재정 자립이 매우 어려울 수밖에 없었다. 제임스 신부는 계속 말을 이었다.

"그래도 요즘은 내전이 소강상태라 폭격이 멈췄지만, 불과 3개월 전에 대규모 폭격이 일어나 돈 보스코 학교 건물이 파괴되었습니다. 지난 2년 동안 벽돌로 만든 건물인데…… 이제 다시 지어야 합니다. 그리고 존 신부님이 오셨으니 진료소 건물도 보수해야 합니다. 고되겠지만, 가난하던 돈 보스코가 기도를 통해 많은 후원자를 만나 여러 성당을 지으면서 오라토리오 활동을 발전시켰듯이 우리도 열심히 기도하면 이루어질 겁니다. 그러니 신부님도 기도 열심히 하셔야 합니다. 하하."

"예, 신부님. 우리가 할 수 있는 건 기도밖에 없으니 저도 열심히 하겠습니다."

학교 건물에 남은 총탄 자국

그는 진료소 때문에 불편하고 당황했던 마음을 가라앉히며 밤하늘을 바라봤다. 별이 가득한 밤하늘에서 달이 그믐을 향해 기울고 있었다. '한국에서도 달은 기울고 있겠구나. 전공의 시험을 보러 가지 않고 전의성당에서 기도하던 날이 엊그제 같은데 벌써 11년의 세월이 흘렀다니…….' 어머니의 모습도 떠올랐다. '오늘도 나를 위해 눈물의 기도를 하시겠지…….' 그는 하염없이 밤하늘을 바라보았다.

다음 날 이태석 신부는 새벽 5시 45분에 일어났다. 톤즈 수도원도 새벽 미사로 하루를 시작해서 아침기도를 마치고 공동으로 식사를 했다. 메뉴는 전과 다름없이 옥수숫가루를 찐 우갈리와 콩이 든 수프, 찰기 없는 밥, 뻣뻣한 소고기 조금이었다. 그는 채소가 없는 메뉴를 보며, 앞으로 여유가 되면 텃밭에서 채소를 키워야겠다는 생각을 했다. 하지만 그 계획을 실천하는 데는 몇 년이라는 시간이 걸렸다. 텃밭보다 급하고 중요한 일이 한둘이 아니었기 때문이다.

식사를 마친 그는 수녀 두 명과 함께 진료소로 향했다. 진료소 앞마당에는 아침 일찍부터 많은 환자가 기다리고 있었다. 환자 대부분이 군데군데 뜯기고 때에 전 누더기를 입은 채 그냥 흙바닥에 앉아 있었다. 몇 달은 씻지 않은 듯 악취가 심한 환자도 있었다. 그중에는 결핵으로 오랫동안 고생했다는 한 소년이 있었는데, 복부결핵인지 복수로 인해 배가 임신부처럼 불렀고 복부 곳곳에서 고름이 흘러나오는 상태였다. 집이 너무 멀어 진료소 앞 공터에서 며칠째 순서를 기다리는 중이라고 했다. 마당에는 팔다리가 성하지 않거나 맹인이 된 몇몇 한센병 환자가 그를 보며 알아듣지 못하는 자기들 말로 뭐라고 지껄였다. 이태석 신부는 그들이 자기의 신체적 불편함에 대해 호소하는 것 같다고 짐작하며 컴컴한 진료실 안으로 들어섰다.

진료실에는 온몸이 종기투성이인 환자 한 명이 기다리고 있었다. 눈이 밝아지기를 기다렸다가 환자의 상태를 확인했다. 여러 관절 부위에 엄청난 양의 고름이 들어차 있었다. 그는 메스로 환부를 열어 1리터 이상 고름을 빼냈다.

잠시 한숨을 돌린 이태석은 진료실 내부를 둘러봤다. 창고보다 더 엉망인 진료실, 역겨운 냄새를 풍기는 지저분한 환자들, 먼지로 가득한 소독하지 않은 기구들…… 최악의 열악한 환경. 진료에 필요한 도구와 기구가 거의 없는 상황 앞에서 그는 큰 숨을 내쉬었다. 어디서부터 어떻게 시작해야 할지 엄두가 나질 않았다. 급한 환자 몇 명을 더 치료한 그는 하느님께 매달리기라도 하면 조금 나을까 싶어 작은 감실*이 있는 소성당으로 갔다. 그러나 감실 역시 전기가 없는 곳이라 아무것도 보이지 않았다. 그래도 그는 기도하기 위해 무릎을 꿇었다.

"주님, 알아서 하십시오."

한마디 기도를 올리는 순간, 어둠 속 어디서 나타났는지 말라리아 모기들이 독기를 품고 팔다리를 공격하기 시작했다. 그때의 상황과 심정을 그는 이렇게 썼다.

사람 환장할 뻔했습니다. 아니 환장했습니다. 하지만 얼음은 녹기 마련인 모양입니다. 자연유산으로 하혈하던 아주머니가 혈압이 조금씩 좋아져서 퇴원하는데 남편이 찾아와 "죽는 줄 알았는데 살려줘서 고맙다"며 날씬한 아프리카 토종닭 한 마리를 놓고 가고, 수족 관절의 고름 때문에 걷지 못하던 청년이 좋아져 제 발로 걸어서 집으로 돌아가고, 복부결핵으로 배불뚝이였던 아이가 날씬해져가고 있는 등의 조그마한 결실들이 얼었던 나의 마음을 조금씩 녹여주고 있습니다. 어렵기 그지없지만 나의 작은 희생으로 적지 않은 사람들이 기쁨을 맛볼 수 있다고 생각하니 조금씩 힘이 나기 시작했습니다.

_〈살레시오가족지〉 53호(2002년 3·4월)에 실린 '형제적 사랑의 연결 고리가 되어'

그는 하루 이틀 지날수록 진료소의 열악한 환경과 부족한 필수

---

* 성당 안에 성체(예수님의 몸. 축성된 빵의 형상을 띠고 실제적·본질적으로 현존하는 예수 그리스도의 몸을 일컫는다)를 모셔둔 곳.

품, 지저분한 환자에 조금씩 익숙해져갔다. 모든 것을 자신의 방식으로 바꾸기보다 이곳 상황에 적응하는 것이 선교사의 자세라고 생각하면서부터는 마음이 편해지기 시작했다. 가끔씩 진료를 받기 위해 30~40km를 밤새도록 걸은 뒤 아침 일찍 진료소 앞에서 꾸벅꾸벅 졸고 있는 환자를 보면 가슴이 뭉클해지면서 마음을 새롭게 추스를 수 있었다.

이태석 신부는 제임스 신부에게 햇빛이 들어오는 조그만 진료실 겸 처치실을 만들고 싶다고 했다. 제임스 신부가 룸벡 교구에 연락해 지원을 요청하자 며칠 후 벽돌과 시멘트가 도착했다. 그는 제임스 신부, 피터 신부 그리고 수녀들의 도움을 받아 두 평 남짓한 진료실 겸 처치실을 만들었다. 햇빛이 잘 들어오니 진료하기가 훨씬 수월했다. 대나무로 만든 낮은 진료 침대 대신 환자가 올라가도 흔들리지 않도록 작은 쇠 테이블 두 개를 붙여서 침대처럼 만들기도 했다. 그렇게 진료소가 완성되자 환자들은 시키지도 않았는데, 발바닥에 묻은 흙을 깨끗이 탈탈 털고 들어왔다. 청결에 대한 존중이었다. 이태석 신부는 그런 모습에서 톤즈 주민들도 주변이 깨끗하게 바뀌면 새로운 환경에 적응할 것이란 희망을 발견했다. 그때부터 그는 새로운 구상을 시작했다. 문제는 재정이었다.

톤즈 살레시오 수도원에는 매일 아침 하루 한 끼도 해결하지 못하는 700여 명의 주민이 찾아왔다. 추수가 끝나 더 이상 식량을 구하기 힘든 11월부터 이듬해 4월까지는 주린 배를 더욱 움켜잡아야 했다. 그래서 유엔세계식량계획WFP이 톤즈 살레시오 수도원에 식재료를 제공했고, 수도원에서는 죽을 끓여 배급했다.

손자와 지팡이에 의지해 걷는 맹인

　이런 상황에서도 주일미사 때 조금씩이나마 끊이지 않고 봉헌하는 예물을 보면 가슴이 아렸다. 꼬깃꼬깃 접은 수단화 1파운드(한화 300원가량) 지폐 한 장, 한 톨 한 톨 정성 들여 말린 수수 한 움큼, 달걀 한 알……. 어린아이들도 직접 봉헌할 마른 장작 한 개비를 줍기 위해 종종 맨발로 초원을 내달리곤 했다.

　토요일과 일요일에는 한센병 환자들이 모여 사는 마을을 방문했다. 톤즈에는 한센병 환자가 약 700명 정도 있는데, 몇십 명씩 숲속에 작은 마을을 이루어 여기저기 흩어져 살고 있었다. 그들은 교통수단이 없을뿐더러 진료소까지 걸어오기도 힘들어 미사와 진료를 위해서는 직접 방문해야 했다. 가는 길은 고되지만 그래도 도착해서 자동차 경적을 울리면, 환호를 지르며 달려오는 아이들, 발가락이 없어 지팡이를 짚고 천천히 걸어오는 사람들, 손자와 긴 지팡이에 의지해 오는 맹인들까지 주민 모두가 작은 희망으로 가득 찼다. 그들에게는 오랜만에 미사도 드리고, 약간의 설탕과 소금, 쌀 등도 얻고, 또 진료까지 받을 수 있는 시간이었다. 그들은 선진국에서는 흔하디흔한 코프시럽 몇 방울, 클로로퀸(말라리아 약)이나 아스피린 세 알 따위를 손가락이 없어 손목으로 받아 들고 소중히 여겼다. 교통수단이 아예 없기 때문에 간단한 생필품이나 약품을 접할 수 있는 유일한 통로는 이곳을 주기적으로 방문하는 살레시오회뿐이었다. 이태석 신부는 아주 작은 것에 감사하는 그들을 보며 1년에 몇천억 원어치의 쓰레기를 만드는 우리나라나 유럽의 여러 나라를 떠올렸다. 세상이 불공평해도 너무 불공평하다는 생각에 마음이 아팠다.

연말이 될수록 진료소에는 사람이 넘쳐났다. "의사가 왔다", "그곳에 가면 살 수 있다"는 소문이 톤즈 인근 80개 마을로 퍼져 나갔다. 하루 100여 명 오던 환자가 150~200명으로 늘어났고, 100km를 걸어서 한밤중에 문을 두드리는 환자도 있었다. 지금의 진료소 시설로는 늘어난 환자를 더 이상 감당하지 못하는 한계에 달했을 때, 제임스 신부가 마침 1월 8일 케냐 나이로비에서 교구 회의가 열리니 거기에 참석해 해결 방안을 찾아보자고 했다.

동정 아닌 사랑으로

2002년 1월 7일, 이태석 신부는 톤즈에 온 지 한 달 만에 나이로비에 도착했다. 아스팔트 길이 새로운 문명 같았다. 길거리에서 차가운 코카콜라와 맥주를 파는 것까지 신기하게 느껴질 정도라 잠시 어리둥절했다. 같은 아프리카인데 국경선을 넘으면 이렇게 다른 세상이 펼쳐지다니……. 2년 반 전에는 톤즈에서 나오자마자 로마로 가는 비행기를 타느라 느끼지 못한 감정이었다. 가장 반가운 일은 인터넷이 된다는 거였다. 한국에 비해서는 속도가 느렸지만, 그래도 다시 지인들과 연결되는 통로가 생겼다는 사실이 경이로웠다.

그는 교구 회의가 끝나면 공동체 사무실에 있는 공용 컴퓨터 앞에서 살다시피 했다. 한국 살레시오회 현명한 관구장 신부를 비롯해 선배 신부들, 의대 동창들, 심지어는 톤즈에 오기 전 의료 실습을 한

이태석 신부가 처음 국내 언론에 소개한 톤즈의 모습
황토색 톤즈강에서 이태석 신부가 청소년들과 함께 활짝 웃고 있다.

순천 성가롤로병원의 교수들과 예수의 까리따스 수녀회 수녀들에게도 이메일을 보냈다.

이태석 신부가 보낸 편지를 받은 한국 살레시오회는 〈살레시오가족지〉에 편지 전문을 실으면서 자체적으로 모금을 시작했다. 다른 신문에서도 이태석 신부가 톤즈의 어린이들과 찍은 사진과 함께 보낸 편지 내용을 특집 기사로 비중 있게 다루었다. 기사의 반향은 컸다. 많은 이가 말로만 듣던 아프리카의 열악한 상황을 접한 것이다. 지구상에 아직 이런 곳이 있다니……. 이런 곳에 가서 헌신하는 선교사가 있다니…….

당시 많은 국민이 2000년 말의 이른바 정현준 게이트, 진승현

게이트에 이어 2001년 7월의 이용호 게이트, 2002년 새해 벽두의 윤태식 게이트까지 고위 공직자들의 금품 수수와 로비 혐의가 터지는 걸 보며 장탄식을 내쉬고 있었다. 돈을 벌겠다고 수단 방법 가리지 않고 부정과 비리를 저지르는 고위 공직자들의 행태에 크게 실망했다. 경제가 발전할수록 더욱 부패하는 나라가 되어가고 있다는 자조, 도덕적 해이와 황금만능주의에 대한 비판이 높던 시기였다. 이때 지구 거의 반대편에 있는 아프리카 오지, 그것도 전기조차 없는 수단 톤즈의 상황을 절절하게 써 내려간 편지는 많은 독자에게 큰 감동과 울림을 주었다. 이태석 신부가 보낸 편지가 인터넷이라는 도구를 통해 수많은 곳으로 날아가 많은 이의 가슴속에 내려앉은 것이다. 살레시오회 아프리카 후원 계좌로 끝없는 성금이 답지하기 시작했다.

2월 중순, 이태석 신부는 경비행기에 짐을 가득 싣고 환한 표정으로 톤즈에 돌아왔다. 한국에서 송금한 후원금으로 병원 시설을 확장할 수 있었다. 제임스 신부는 우선 병원 시설 개선과 의약품 구입부터 하고, 다음 순위를 학교 건물로 하자는 의견을 냈다. 톤즈 돈보스코 학교 교장인 피터 신부도 흔쾌히 동의했다. 이태석 신부는 바로 병원 확장에 대한 구체적 계획을 세우면서 실천에 옮기기 시작했다. 다행이라면 제임스 신부가 톤즈 초창기부터 건물을 많이 지어봐서 나이로비에서 만들어온 간단한 설계 도면만 있으면 비싼 기술자를 데려오지 않아도 공사를 시작할 수 있다는 것이었다.

이태석 신부는 현재의 움막집 같은 진료소를 좀 더 튼튼하고 채

흙을 퍼 담는 모습

벽돌을 만드는 곳

광이 잘되는 건물로 바꾸고 싶었다. 그러기 위해선 흙으로 벽돌부터 만들어야 했고, 시멘트는 나이로비에서 가져와야 했다. 그는 먼저 오라토리오에 오는 청소년들에게 적절한 사례를 하고, 톤즈강 가에서 모래를 가져와 시멘트와 섞어 벽돌을 만들기로 했다. 아이들은 일거리도 찾고 수도원을 위한 봉사도 할 수 있었다.

그는 아침 일찍부터 오후 2시까지 진료를 하고, 오후 휴식 시간에 흙을 퍼 왔다. 제임스 신부는 쉬지 않으면 큰일 난다고 말렸다. 기온이 50℃씩 오르는 오후에는 몸에 무리가 가지 않도록 쉬는 것이 보통이었다. 그러나 이태석 신부는 자신에게 '하느님이 주신 철인 같은 건강'이 있다며 걱정하지 말라고 했다. 그러나 그는 철인이 아니었다. 아니, 철인이라도 한낮에 50℃ 이상, 때론 60℃ 가까이 오르는 더위를 당해낼 수는 없을 것이다. 결국 말라리아에 걸리고 말았다. 그래도 이미 한 번 걸려봐서인지 저항력이 생긴 상태였고, 톤즈의 말라리아는 다른 지역의 말라리아에 비해 치료 약 클로로퀸이 잘 듣는 덕분에 며칠 만에 오뚝이처럼 다시 일어났다.

그를 괴롭히는 건 모기뿐이 아니었다. 수도원에서 어렵지 않게 볼 수 있는 전갈에 물리는 일도 있었다. 다행히 독성이 약한 전갈이라 치명적이지는 않았지만, 물린 부위가 부어오르면 며칠 동안 큰 통증이 따랐다. 그래도 그는 전갈에 자주 물리다 보면 내성이 생겨 고생하지 않을 거라며 대수롭지 않게 넘기곤 했다.*

• 살레시오회에 보관되어 있는 이태석 신부의 편지(2002) 사본 참고.

당신은 '마장딧'입니다

이태석 신부는 톤즈 생활에 차츰 익숙해져갔다. 사목 활동을 할 때도 톤즈 주민들의 고유한 문화와 토속신앙의 가치를 존중해야 함을 잊지 않았다. "비그리스도교 국가에서 살레시오 회원은 그 지역의 고유한 문화적·종교적 가치를 존중하면서 우리의 고유한 교육적이며 사목적인 방법을 적용하여 신앙에로 회심하는 자유로운 여정에 알맞은 여건을 조성해야 한다"•는 것이 살레시오회의 방침이었다.

톤즈와 인근 80개 마을의 주민 상당수는 딩카Dinka족이었다. 딩카족은 수단의 전설적인 목부牧夫로, 톤즈뿐 아니라 수단 남부의 최대 인구를 구성하는 부족이다. 수단 남부는 세계 최대의 습지대로

• 살레시오회 회칙 22조.

얼굴에 흰색 칠을 한 딩카족 소년 목부

건기 동안 물이 빠지면 풍성한 목초지로 변했다. 딩카족에게는 더없이 좋은 방목지였고, 그들이 오랜 세월 수단 남부에서 자리 잡고 생활한 이유였다. 2m 넘는 남자가 많을 정도로 키가 크고 건장한 체구는 수백 마리의 소 떼를 방목지로 몰고 지키기에 적합했다. 소를 지키기 위해 창을 들었고, 창을 잘 사용하기 위해 어릴 때부터 용맹한 '전사'가 되는 훈련을 받았다. 목부들은 색깔이나 무늬, 뿔의 형태 등에 따라 소에게 이름을 붙이는데, 사춘기 때 물려받은 자신의 소 이름과 똑같이 자기 이름도 정한다.

이태석 신부는 아이들 이름 중에 '마비오르'가 많아 처음에는 우리나라의 '철수'와 같이 흔한 이름인 줄 알았다. 그런데 알고 보니 딩카족은 완전히 하얀 소에게 마비오르라는 이름을 붙였고, 그런 흰 소를 물려받은 아이들이 자신의 이름도 마비오르라고 정한 것이었다.

이태석 신부는 얼마 전 이동 진료를 간 한 마을에서 딩카식 이름을 선물받았다. 그가 진료를 마치고 나오자 한 노인이 딩카어로 그를 불렀다. 이태석 신부는 데리고 간 청년에게 통역을 부탁했다.

"신부님이 우리 마을에 와서 좋은 일을 해줬으니 딩카 이름을 하나 지어드리겠습니다."

"고맙습니다, 어르신."

"이제부터 당신의 이름은 '마장딧'입니다."

마을 사람들은 노인의 말이 끝나자 박수를 쳤다. 그는 청년에게 마장딧이 무슨 뜻이냐고 물었다.

"신부님, 몸은 하얀색이면서 얼굴 주위에 누런색 큰 점들이 있는 소를 딩카족은 '마장'이라고 부릅니다. 뿔이 거대하고 웅장해 힘과 부를 상징하죠. '딧'은 아주 크다는 뜻입니다. 그러니까 아주 힘이 세고 용맹한 소라는 뜻입니다. 아마 신부님께서 무슨 병이든 다 고쳐주시니까 힘이 세신 분이라는 뜻으로 이런 이름을 붙여준 것 같습니다."

이태석 신부는 노인에게 고맙다는 인사를 했다. 이제 자신도 한국 살레시오회에 와서 한국식 이름을 만든 노숭피 신부나 공민호 수사, 현명한 관구장 신부처럼 딩카식 이름을 가지게 되었다는 사실에 가슴이 벅차올랐다. 드디어 진짜 톤즈의 선교사가 된 것 같았다.

그동안 마을 사람들은 그의 세례명 요한의 영문 표기 존John과 이씨 성의 영문 표기 '리Lee'를 합친 '존 리'를 발음하기 편하게 '졸리' 혹은 '쫄리'라고 불렀다. 그런데 딩카식 이름이 생긴 후 그는 누가 이름이 뭐냐고 물으면 '마장딧'이라 대답했다. 그러면 주민들은 딩카식 이름을 갖고 있어 반갑다며 박수를 치며 웃고 좋아했다. 그러나 그는 사람들이 계속해서 진짜 딩카족이 맞느냐고 물으면 "나는 하느님족"이라며 손으로 하늘을 가리키곤 했다. *

이태석 신부는 딩카족 이름을 얻었지만 영어를 모르는 환자들과 의사소통하기에는 여전히 어려움이 있었다. 초등학교 5~6학년 이상이면 영어를 꽤 하는 편이지만, 나이가 든 원주민이나 학교를 다니지 않은 아이들은 토속 언어인 딩카어를 사용했다. 이태석 신부가 톤즈에 갔을 때만 해도 딩카어는 사용 인구가 적어 사전조차 없을 정도로 소외된 언어였다.

이태석 신부도 환자들과 의사소통하기 위해 딩카어를 배우고 싶었다. 그런데 사전이 없어 쉽지 않았다. 보통 선교사들은 현지에 도착해 어학연수부터 하는데, 톤즈의 경우 영어가 어느 정도 통용되기도 했지만 무엇보다 도착한 날부터 환자가 기다리고 있어 그럴 여유가 없었다.

그는 며칠 동안 어떻게 딩카어를 효율적으로 공부할 수 있을지 고민하다가 이동 진료 나갈 때 통역이나 길 안내를 하는 산티노 뎅과 제임스 마눗이라는 고등학생에게 딩카어 과외를 부탁했다. 월급 겸 장학금으로 매월 얼마씩 주기로 했다. 그러자 두 학생은 병원 옆 작은 방에서 살게 해주면 병원도 지키고, 밤에 오는 응급 환자 통역

• 이태석,《친구가 되어 주실래요?》(생활성서사, 2009, 203쪽) 및 2008년 1월 4일 〈메디컬업저버〉의 이태석 신부 인터뷰 기사 참고.

도 하겠다고 했다. 이때부터 두 학생은 학교에서 돌아와 오라토리오 활동을 마치면 이태석 신부에게 딩카어를 가르쳤다. 밤이 어두워지면 공부하기가 힘들어 세 사람은 이런저런 이야기를 나눴다. 하루는 산티노가 이태석 신부에게 물었다.

이태석 신부가 공부하던 딩카어 단어장

"신부님, 한국은 어떤 나라입니까?"

수단의 청소년들은 이 세상에서 가장 발전한 나라가 미국이라는 것은 알고 있지만, 다른 나라에 대해서는 거의 아는 게 없었다. 그래서 가끔 나이로비로 일하러 갔다 온 어른들이 하는 자동차 이야기, 냉장고 이야기, 환한 불빛 이야기를 듣고 케냐가 미국 다음으로 잘사는 나라인 줄 알고 있었다.

"한국은 케냐보다 발전한 나라다. 하하."

산티노는 고개를 흔들었다. 아시아라는 곳에 있는 조그만 나라가 어떻게 케냐보다 잘사는 나라일 수 있냐는 표정이었다.

"산티노, 정말이다. 한국에는 땅속으로 다니는 기차가 있고 높은 빌딩과 아파트도 많다. 밤에는 불이 너무 밝아 하늘의 별이 안 보일 정도다."

산티노는 이번에도 믿지 않았다. 무엇보다도 높은 건물에 사람들 사는 집이 잔뜩 있다는 걸 이해할 수 없었다. 신부님이 자신을 놀리는 거라고 생각하며 더 이상 질문하지 않았다. 이번에는 그가 산티노에게 물었다.

"너는 커서 뭐가 되고 싶니?"

"별로 생각해본 적은 없지만 군인요. 그래도 군인이 되면 밥은 주니까요."

이태석 신부는 공부 잘하는 그가 전쟁터에서 총알받이가 되어도 좋다는 생각을 하고 있다는 사실이 가슴 아팠다. 당시 수단은 정부군과 수단인민해방군 사이의 평화 협상이 순조롭게 진행되지 않아 산발적인 전투가 벌어지고 있을 때였다. 그러나 그의 가정 형편을 알기에 공부를 계속하라는 말은 차마 할 수 없었다.

"산티노, 군인이 되면 전쟁터에 가야 하고, 그러면 총을 쏴서 사람을 죽게 하거나 다치게 할 수 있다. 나는 네가 군인만큼은 안 되었으면 좋겠다. 그러나 내가 지금 너에게 해줄 수 있는 말은 하느님께 기도하라는 것뿐이구나. 나도 네가 다른 꿈을 갖고 그 꿈을 이루도록 하느님께 기도하겠다."

산티노는 그의 말에 고개를 숙였다. 고맙다는 말을 모르니 조언에 대해 표시할 수 있는 건 잘 들었다는 듯 고개를 끄덕이는 정도였다. 시간이 지나면서 그는 산티노와 마웃의 조언자에서 친구가 되었다. 이태석 신부는 훗날 산티노에게 트럼펫을 가르쳐주면서 그가 자신의 재능을 발견하고 자신감을 갖도록 도와줬다.

한센병 환자 발아래

부활절이 다가오자 이태석 신부는 한센병 환자 마을로 이동 진료를 떠났다. 지프차에 약품, 물, 주사약, 붕대 그리고 매달 환자들에게 나눠주는 식용유와 강냉이뿐 아니라 부활절 선물로 비스킷도 실었다. 또 예수님의 수난 전날 밤을 떠올리며 특별한 세족례도 준비했다.

사제 서품을 받을 때 지거 쾨더가 그린 〈발을 씻어주시는 예수님〉을 상본 성화로 선택한 이유는 자신을 낮추고 톤즈의 청소년들과 주민들을 온전히 섬기고 사랑하는 선교사가 되겠다고 각오했기 때문이었다. 그래서 톤즈에 와서 힘이 들 때면 예수님께서 최후의 만찬을 마친 후 제자들의 발을 씻겨주시며 "내가 너희에게 한 것처럼 너희도 하라고, 내가 본을 보여준 것이다"라는 말씀과 "가장 보잘것없는 형제 한 사람에게 해준 것이 곧 나에게 해준 것과 같다"는 성경 구절을 떠올리며 마음을 다잡곤 했다.

이번은 톤즈에 와서 첫 번째로 맞는 부활절이기에 좀 더 의미 있게 보내고 싶었다. 그래서 처음 선교 체험을 왔을 때 악취와 참혹함에 들판으로 달음질쳤던 한센병 환자 마을에서 세족례를 하기로 마음먹었다.*

보통 때는 20~30분이면 도착하는 라이촉 마을이었다. 그러나 건기가 계속되면서 잡초가 사람 키보다 더 크게 무성히 자라 길이 보이지 않았다. 차로 그냥 지나갈 수 없는 곳은 차에서 내려 큰 칼로 잡초를 베어야 했다. 길이 보이지 않았지만 통역하기 위해 함께 온 청년이 알려주는 대로 새로운 길을 만들며 한참을 달렸다. 라이촉 마을은 작년에 제임스 신부가 수녀님들과 다니면서 깨끗하게 정비해놓은 터였다. 덕분에 악취도 그리 심하지 않았다. 그는 환자들의 상처 부위를 치료한 후 통역하는 청년을 불렀다.

"여러분, 이제 며칠 후면 예수님께서 다시 살아나신 부활절입니다. 성당에서는 부활절 선물로 달걀을 나누지만, 저는 여러분에게 맞춤 신발을 준비하려고 합니다."

라이촉 마을에는 발가락이 없거나 발의 절반 정도가 없고 갈수록 기형이 심해지는 환자가 약 50명 정도 있었다. 주민들은 '맞춤 신발'이 무슨 뜻인지 모르겠다는 어리둥절한 표정을 지으며 이태석 신부를 바라봤다. 그는 차근차근 설명했다.

---

* 두 마을을 방문한 내용은 인제대학교 의대 동창 안정효 의사에게 보낸 편지(2002년 3월 31일)를 바탕으로 재구성했다. 당시 이태석 신부는 후원자들에게 감사를 전하기 위해 인공위성 전화기로 이메일을 보냈고, 안정효 의사는 의대 동창들의 창구 역할을 했다.

라이촉 마을 사람들과 함께

　"여러분 중에는 맨발로 다녀서 상처가 많고 이미 발 모양이 걷기에 불편해진 분도 계십니다. 그래서 맨발로 다니지 말라고 제가 여러분의 발 모양에 맞는 신발을 나이로비에 주문해서 갖고 오려고 합니다. 편하게 걸을 수 있을 뿐 아니라 발에 상처도 더 이상 생기지 않을 겁니다."

　이태석 신부는 준비해 온 흰 종이를 가지고 환자들 앞에 무릎을 꿇었다. 그리고 한 명 한 명의 발 모양을 그린 후 이름을 적었다. 그가 준비한 세족례였다. 환자들의 눈에서 눈물이 흘러내렸다.

　특별한 세족례를 마친 그는 60km 정도 떨어진 다른 마을로 이동했다. 그 마을에는 200여 명의 한센병 환자가 있었다. 환자들이

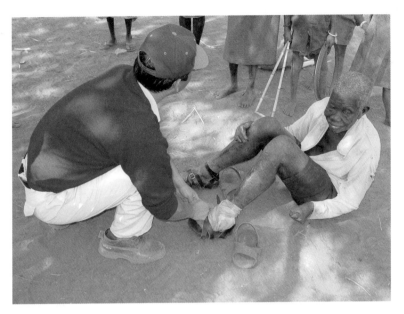
신발을 신겨주는 이태석 신부

너무 많아 일일이 발을 그릴 수 없어 한 달 치 약과 함께 곡식과 식
용유를 나눠줬다. 그때 어떤 여인이 네 살 남짓한 자기 딸을 데리고
와서 피부의 상처 부위를 보여주며 아무래도 한센병에 걸린 것 같
다고 말했다. 그는 긴장한 표정으로 아이의 환부뿐 아니라 몸 이곳
저곳을 살폈다. 다행히도 한센병이 아니었다.

"아주머니, 한센병이 아니네요. 다행입니다."

그의 말에 아이 어머니는 망연한 눈길로 손에 들고 있는, 때가
잔뜩 낀 빈 비닐 포대를 바라봤다. 곡식을 받기 위해 갖고 온 비닐
포대였다. 그 순간, 이태석 신부는 기쁨 대신 실망으로 가득한 아이
와 어머니의 눈을 보면서 가난의 끔찍함을 몸서리치게 느꼈다. 비

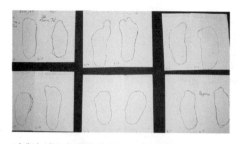

이태석 신부가 그린 발 그림

닐 포대에 곡식을 채우기 위해 자신의 딸아이가 한센병 환자이기를 바라다니……. 그는 다시 한번 굶주림에 고통받는 주민들의 아픔에 고개를 숙였다. 가슴 깊은 곳에서 눈물이 흘러내렸다. 그가 고개를 들자 여인과 아이는 빈 비닐 포대를 들고 왔던 길로 되돌아 힘없이 걸어가고 있었다. 그는 모녀의 뒷모습을 보기가 너무 안쓰러워 통역하는 청년에게 곡식과 식용유를 주며 건네주라는 눈짓을 했다. 가는 마을마다 가슴 아픈 광경의 연속이었다. 그가 할 수 있는 일은 열심히 치료하고 십자가 앞에 무릎 꿇고 기도하는 것뿐이었다.

음악과 함께

여름이 지나면서 진흙 벽 진료소는 시멘트 벽 진료소로 변해갔다. 이태석 신부와 제임스 신부는 톤즈의 희망은 교육이라면서 하루빨리 학교를 재건하자고 말하곤 했다. 그즈음 돈 보스코 학교 교장 피터 신부는 건강이 나빠져 요양을 떠났다. 그래서 제임스 신부가 직접 교실에 들어가 학생들에게 수학을 가르쳤고, 이태석 신부는 성당 앞마당 오라토리오로 가서 아이들과 어울렸다.

돈 보스코가 만든 오라토리오는 한국, 이탈리아, 케냐 등 세계 어디서나 같은 방식으로 운영되었다. 톤즈의 오라토리오도 마찬가지였다. 아이들은 학교가 끝나는 오후 4시경부터 오라토리오에 모였다. 톤즈의 아이들은 축구·농구·배구 등 공놀이를 주로 했는데, 오라토리오에 음악은 없었다. 돈 보스코는 "음악 없는 오라토리오는 영혼 없는 육신이다"는 말을 남길 정도로 오라토리오에서 음악을 매우 강조했다. 그러나 그동안 톤즈에는 음악을 가르칠 교사가 없었다. 그뿐 아니라 톤즈의 아이들은 총소리와 가난에 지쳐서인지 음악에 무뚝뚝했다. 나이로비에서는 아이들이 미사 시간에 성가를 부르고 몸을 흔들며 춤을 췄다. 그래서 이태석 신부는 나이로비에서 선교 체험을 할 때 '아프리카 사람들은 음악이 나오면 몸을 흔들지 않고는 못 배기는 사람들'이라고 생각했다. 그들의 몸속에 음악이 흐르고 있다고 여겼다. 그러나 톤즈에서는 미사 시간에 성가를 부르면서 몸을 절대 흔들지 않을뿐더러 표정도 변하지 않았다.*

그럼에도 그는 악기를 배우고 싶어 하는 아이를 몇 명 모아서 음악 그룹을 만들었다. 이태석 신부는 오라토리오 시간을 이용해 피리, 기타, 오르간을 이론과 함께 가르쳤다. '도레미파솔라시도'란 말도 처음 들어보는 아이들이었다. 그래도 많은 아이가 피리와 오르간, 기타 등을 쉽게 배웠다. 기타를 가르친 지 이틀 만에 성가 몇 곡을 한 번도 막힘없이 연주하는 아이도 있었고, 가르친 지 5일 만에 양손으로 오르간을 연주하는 천재 같은 아이도 있었다. 이태석 신부는 그런 순간을 만날 때마다 가슴 벅찬 행복을 느끼며 자신을 이곳으로 보내신 하느님께 감사드렸다.

12월에 진료소 증축이 완성되었다. 이태석 신부는 튼튼한 시멘트 건물 안에서 진료를 볼 수 있었다. 전에 비해 좋아진 진료 환경과

---

* 오라토리오와 축제 관련 내용은 이태석 신부가 안정효 의사에게 보낸 편지(2002년 12월 31일)를 바탕으로 재구성했다.

피리 부는 법을 배우는 아이들 모습

넉넉해진 의약품 덕분에 치료받을 수 있는 환자 수도 늘어났다. 톤즈 지역민들은 만성 영양실조로 결핵, 폐렴, 말라리아에 취약했다. 영양실조로 장기가 부어올라 배가 불룩해진 아이를 데리고 오는 엄마도 많았다. 모두가 식량이 조금만 더 있어도 해결할 수 있는 문제였지만, 그가 할 수 있는 일은 최선의 치료와 투약뿐이었다.

그때 이동 진료를 다니던 자동차가 너무 낡아 수리 불능 상태가되었다. 이태석 신부는 임시방편으로 주변 80개 마을에서 의료 보조원으로 일할 만한 사람을 뽑아 일주일에 한 번씩 교육을 시켰다. 톤즈에는 더러운 물이나 지저분한 음식 때문에 설사 환자가 많았다. 그래서 설사 증세를 알려주고 약을 줄 수 있도록 하는 교육이었다. 그렇게 한 달 정도 교육 코스를 마치면 간단한 테스트를 해서 통과한 사람을 의료 보조원으로 임명했다. 어쩔 수 없는 고육지책이었다. 이태석 신부는 톤즈에서 급한 환자를 위주로 진료했다.

그는 병원 일을 하랴, 공사 감독하랴, 오라토리오에서 청소년들과 어울리랴, 몸이 몇 개라도 모자랄 정도로 바쁘게 지냈다. 다행이라면 체력이 튼튼해서인지 아니면 정신적으로 스트레스 대신 행복이 충만해서인지 말라리아에 걸리는 횟수가 줄어들고, 건강에도 이상이 없었다.

어느 날 이태석 신부는 제임스 신부에게 오라토리오 아이들의 음악 실력이 많이 늘었으니 크리스마스 전에 청소년 축제를 열면 어떻겠느냐고 제안했다. 그는 한국에서도 지원자 시절부터 아이들의 놀이를 조직할 정도로 기획력이 뛰어났다. 제임스 신부가 흔쾌히 동의하자 그는 먼저 축제의 주제어를 생각했다. 깊이 고민할 필요도 없이 '평화'가 떠올랐다. 아직도 가끔 총성이 들리고 부족 간 싸움이 벌어지는 톤즈에 가장 필요한 단어였다. 예수님께서도 중요하게 여겨 "어떤 집에 들어가거든 먼저 '이 집에 평화를 빕니다' 하고 말하여라"(《루카복음》 10장 5절)를 비롯해 성경 곳곳에 나오는 단어이기도 했다.

이태석 신부는 '너에게 평화를 주노라I give you peace'라는 주제로 2박 3일 동안의 축제를 준비했다. 대상은 반경 120km 안에 있는 80여 개의 살레시오 성당 공소 젊은이들이었다. 그때부터 그는 축제 주제인 '너에게 평화를 주노라'를 바탕으로 축제 기간에 부를 주제곡을 만들기 시작했다. 톤즈의 아이들이 쉽게 부르려면 가사는 쉬운 영어로 써야 했고, 곡조는 간단하면서 흥겨운 게 좋을 것 같았다. 그는 아이들이 '떼창'으로 부르기 좋게 'I give you peace'를 반복하면서 음의 높낮이에 변화를 줬다.

12월 초, 톤즈 살레시오 수도원에서 톤즈에서는 유례를 찾기 힘든 청소년 축제가 열렸다. 축제에는 무려 500여 명의 젊은이가 참석했고, 4~5일을 걸어서 온 사람도 꽤 있었다.

주제곡을 작곡해 모션과 댄스를 곁들여서 축제 기간 동안 자주 불렀어. 500여 명의 젊은이들이 동시에 손을 흔들며 "I give you peace"를 음악으로 외칠 땐 정말 가슴 뭉클한 순간이었다. 화해 예절, 평화에 대한 그룹 대화, 성서 OX 퀴즈, 다이내믹 미사 등 다양한 프로그램이 진행되었어. 화려한 캠프파이어로 막을 내린 2박 3일의 축제는 이곳의 평화가 외부의 힘에서 오는 것이라고 생각해왔던 젊은이들에게 진정한 평화는 그들의 마음속에서부터 시작되어야 한다는 것을 가르칠 수 있었던 좋은 기회였던 것 같다.

_ 이태석 신부가 안정효 의사에게 보낸 편지(2002년 12월 31일)

축제는 끝났지만 그의 귓전에는 청소년들이 목청 높여 부르던 가사와 곡조가 맴돌았다.

I give you peace / I give you peace
I give you peace / I give you peace

'I give you peace' 축제

I give you peace / I give you peace

I give you peace / I give you peace

_ 이태석 작사·작곡, 〈I give you peace〉

　이태석 신부는 이번 축제를 통해 톤즈 사람들이 얼마나 평화를 원하는지 가슴 깊이 느낄 수 있었다. 그리고 자신이 아이들의 가난은 해결해줄 수 없지만, 그들과 친구가 되어 기쁨과 슬픔을 나누며 용기를 북돋아줘야겠다고 생각했다.

　청소년 축제를 성공적으로 끝마친 그는 크리스마스 때 아이들이 직접 피리와 기타, 오르간 등을 연주하며 미사를 봉헌할 수 있게 했다. 그리고 미사곡을 몇 곡 만들어 오르간과 리듬 박스를 이용해 몇몇 아이와 함께 카세트테이프도 하나 제작했다. 오라토리오 시간에 그 테이프를 틀어주니 많은 아이가 좋아하며 음악에 맞춰 춤을 췄다. 이태석 신부는 광주가톨릭대학교 시절 오라토리오 사도직을 하면서 그룹사운드를 만든 기억을 떠올렸다. 그의 그룹사운드는 살레시오 캠프장에 모인 청소년들을 열광하게 했었다. '톤즈에서도 가능하지 않을까?' 이태석 신부는 꼭 그룹사운드를 만들겠다고 다짐했다.

그리고 2004년 여름, 우기가 시작될 무렵이었다. 한국의 가족들이 배편으로 보낸 커다란 소포가 도착했다. 조카를 통해 부탁한 여름용 얇은 의사 가운과 입원 환자복, 의료용품, 식재료, 간단한 학용품에 더해 리코더 20개, 멜로디언 5개, 하모니카 10개 등 악기가 도착했다. 그도 소포가 반가웠지만 악기를 받아 든 아이들은 특히나 뛸 듯이 기뻐했다. 그때부터 그룹사운드 준비는 순조롭게 진행되었다. 악기를 잘 다루지 못하는 아이들을 대상으로는 합창단을 조직해서 화음을 연습시켰다. 오라토리오는 점차 활기를 띠어갔다.

톤즈 오라토리오에 그룹사운드와 합창단이 만들어졌다는 소식은 톤즈 수도원이 소속된 룸벡 교구에까지 알려졌다. 룸벡 교구는 6월 초에 거행하는 사제 서품식 때 축하 공연을 해달라고 부탁했다. 아이들은 생전 처음 다른 도시로 나들이할 기회가 생겼다는 사실에 함성을 질렀다. 대중교통이 없는 톤즈에서 아이들을 룸벡까지 데리고 갈 수 있는 유일한 방법은 트럭뿐이었다. 다만 룸벡에 가고 싶어 하는 아이가 87명이나 됐다. 톤즈에서 구할 수 있는 가장 큰 12톤 트럭의 화물칸에 아이들을 시루에 콩나물 쑤셔 넣듯 태운다 해도 50명 이상은 무리였다. 결국 간단한 오디션 테스트를 통해 50명을 선발했다. 오디션에 떨어진 아이들의 낙담한 얼굴을 보자 이태석 신부는 그들에게 나들이 기회를 주지 못해 마음이 아팠다.

50℃ 넘는 무더위에 울퉁불퉁한 길을 네다섯 시간이나 달려 룸벡까지 다녀오는 일은 힘들었지만, 축하 공연은 대성공이었다. 아이들은 터져 나오는 우레와 같은 박수 소리에 기쁨의 눈물을 흘렸고, 자신들의 연주에 자부심을 느꼈다. 이태석 신부 역시 이번 공연을 통해 톤즈의 아이들에게서 또 하나의 희망과 가능성을 발견했다. 이는 훗날 '톤즈 브라스밴드'를 결성하는 결정적 계기가 되었다.

쫄리의 병원

이태석 신부는 톤즈강 가에서 새해 아침을 맞았다. 메마른 갈대 위로 떠오르는 붉은 태양을 바라보며 그는 지난 2년의 세월을 되돌아봤다. 모든 것이 부족한 곳이라 처음에는 힘들었지만, 작은 것에도 기쁨을 느끼고 행복해하는 톤즈 주민들의 마음을 통해 하루빨리 변화와 발전을 이루고 싶다는 욕심을 버릴 수 있었다.

환자 한 명 한 명에 충실하면서 완쾌하는 환자 수가 늘어났고, 사경을 헤매던 환자를 살릴 때는 톤즈에 온 보람을 느끼며 세상을 얻은 것 같은 기쁨을 누리기도 했다. 나이로비에서 시멘트가 도착해 트랙터에 화물칸을 달고 아이들과 함께 강가에 가서 모래를 퍼 담던 일, '떼창'으로 〈I give you peace〉를 부를 때 아이들의 눈에서 빛나던 평화에 대한 간절한 열망……. 그는 가슴을 펴고 강물 위에 반짝이는

진료실을 증축하는 모습

햇빛을 바라보며 수단 내전 종식을 위해 진행 중인 평화회담이 성공적으로 마무리되기를 기도했다.

봄이 되자 작년부터 짓기 시작한 결핵 환자 격리 병동 세 채가 완공되었다. 결핵은 발견하면 즉시 격리해서 전염을 방지할 필요가 있고, 치료하면 완치율이 높아 결핵 병동을 가장 먼저 지었다. 이때부터 나이로비에서 구입한 자재로 2차 공사를 시작했다. 12개 병실과 검사실, 수술실 그리고 언제가 될지는 모르지만 외과 의사가 머물 수 있는 건물 공사를 시작했다. 결핵·말라리아·한센병 등은 장비만 있으면 간단하게 검사할 수 있지만, 지금은 증상만 보고 추측해서 치료해야 하는 형편이라 환자들을 정확하게 진단할 수 없었다. 게다가 수술을 요하는 질병, 예를 들어 맹장염, 치질, 탈장이나 자궁 절제 수술 등은 속수무책이었다. 이런 경우 수술을 위해 자동차로 네다섯 시간 떨어진 룸벡으로 이송하는데, 그사이 생명을 잃는 경우도 허다했다. 그런데 설상가상으로 지난해 말부터 자동차까지 없는 상태라, 톤즈에 수술이 가능한 전문 인력이 있어야 했다. 하지만 지금은 케냐에서 의사를 데려오고 싶어도 머물 곳이 없어 병원 증축이 시급했다. 또 전기가 없다 보니 의약품 보관도 큰 문제였다. 냉장고를 24시간 돌리는 건 자가발전기로 해결할 수 있는 문제가 아니어서 보류할 수밖에 없는 상황이었다. 그래서 일단은 12개 병실과 수술실, 의사 사택 증축을 내년 봄까지 끝내고 다음 단계를 생각해보기로 했다. 그는 그렇게 인내와 기다림에 익숙해져갔다.

톤즈의 3월은 건기라 바람도 많이 불고 먼지도 많았다. 바람이 부는 건기가 계속되면서 병원에는 천식 환자를 포함해 호흡기 질환 환자가 많이 찾아왔다. 우리나라에선 예방접종 덕분에 별문제가 되지 않는 홍역이나 볼거리, 백일해 등으로 고생하는 아기도 많았다. 톤즈에서 멀리 떨어진 숲속의 부시 마을에서는 변변한 치료를 받지 못하다가 아주 심해져서야 병원을 찾아오는 아이가 많아 사망률도 아주 높았다. 올해만 해도 톤즈 주변 마을에서 홍역으로 목숨을 잃은 아이가 30~40명이나 되었다. 만약 냉장고를 가동할 수 있어 홍역, 결핵, 파상풍, 백일해, 소아마비 등의 백신을 보관하면서 예방접종을 시작하면 많은 목숨을 구할 수 있을 거라는 사실이 그의 마음을 아프게 했다. 그러나 냉장고는 전력 소모량이 높아 조그만 자가발전기로는 작동할 수 없고, 태양열이 유일한 전기 공급 방법이었지만 설치하기 간단하지 않았다. 그러나 그는 뜻이 있으니 길이 있으리라 생각하며 계속 기도했다.

2004년 여름이었다. 병원 신축에는 1년 넘는 시간이 걸렸다. 환자들은 병원 앞뜰에 꾸민 꽃밭, 페인트로 단장한 건물, 깨끗한 침대를 보며 눈이 휘둥그레졌다. 벌써 병이 반은 나은 것 같다는 환자도 있었다. 입소문이 나서 아주 먼 곳에서까지 찾아오는 환자도 생겼다. 하루에 150명 정도 오던 환자가 200~250명으로 늘었다. 심지어는 병원 구경을 하면서 상비약이나 받아 가겠다며 오는 '가짜

새 병원

새 병원의 대기 장소

환자'까지 있었다. 이태석 신부는 새로 지은 건물에 많은 환자가 들락거리는 광경을 보며 가슴이 뿌듯했다. 한국의 수많은 후원자에게 감사한 마음도 들었다.

병원에 사람이 많이 오는 만큼 해야 할 일도 늘어나 눈코 뜰 새 없이 바빴다. 그는 같이 일할 의사가 한 명이라도 더 있으면 얼마나 좋을까 하는 생각을 자주 했다. 얼마 전 한국에 갔을 때 어느 병원에서 원하면 전문의를 파견 근무하도록 도와주겠다고 했지만, 톤즈는 월급 받고 오는 의사가 버틸 수 있는 곳이 아니라며 정중히 거절했다. 아침부터 저녁까지 땀을 비 오듯 흘려야 하는 곳, 시원한 콜라는 커녕 깨끗한 물조차 귀한 곳, 말라리아를 비롯한 여러 풍토병에 노출된 곳에 올 수 있는 의사는 봉직의pay doctor가 아니라 그리스도적 사랑과 사명감이 있는 의사여야 한다는 게 그의 생각이었다. 그러나 그런 의사를 만나기는 쉽지 않기에 그는 "주님께서 다 계획하고 계시겠죠?" 하며 하느님께 기도를 올렸다. 그 응답은 2년 후 그가 매우 절실하게 또 한 명의 의사를 필요로 할 때 이루어졌다.

1%를 향한 호소

한국에서 지속적으로 도착하는 성금 덕분에 병원과 더불어 학교 증축 공사도 활기를 띠었다. 이태석 신부는 다시 마을 청년들과 함께 톤즈강에서 모래를 퍼 와 벽돌을 만들었다. 수단 평화협정이 진행되면서 총소리가 멈춘 지 1년이 지나자 피란 갔던 주민들이 돌아오기 시작했다. 학교를 찾아오는 아이도 늘어났다. 당시 학교에서 가르치는 과목은 영어와 수학이었다. 제임스 신부는 나무 밑에 아이들을 모아놓고 수학을 가르쳤고, 영어는 룸벡이나 또 다른 도시인 와우Wau의 공립학교에서 교사 경험이 있는 청년들을 고용했다. 이태석 신부는 진료를 마치고 방과 후 오라토리오에서 아이들에게 음악을 가르쳤다.

학교와 오라토리오가 활성화하자 아이들은 더 공부하고 싶어

야외 수업

야간 학습

했다. 늦은 밤까지 공부할 수 있게 해달라며 성당 강당에 있는 전등을 몇 개만 켜달라고 이태석 신부를 조르기도 했다. 불을 켜자 아이들은 더 늘어났다. 병원의 환자 대기실도 야간 학습실로 개방했다. 아이들의 향학열은 대단했다. 저녁 9시까지 하던 공부 시간을 11시까지 두 시간 더 늘려달라고도 했다. 이태석 신부는 아이들이 들고 오는 수학 문제를 도와주다 응급 환자가 오면 진료실에 가서 환자를 보았다. 늦은 밤까지 휴식을 취할 수 없었지만, 육체적으로 피곤하다는 생각보다 소박한 즐거움이자 보람이라는 생각이 더 컸다.

그즈음 의대 동창 안정효 의사로부터 짧은 이메일이 도착했다. KBS에서 의사협회를 통해 톤즈 취재가 가능한지 알아봐달라고 했다며, 그의 의견을 묻는 내용이었다. 그는 편지를 받고 며칠 동안 생각에 빠졌다. 자신이 한국 공영방송에 등장할 거라는 생각은 해본 적도 없을뿐더러 혼자서 결정할 문제도 아니었다. 수도회 사제는 소속 수도회에서 공동생활을 하기 때문에 개인에 대한 취재는 곧 수도원에 대한 취재이기도 했다. 이태석 신부는 먼저 자신의 생각을 정리한 후 톤즈 수도원 원장인 제임스 신부에게 KBS 취재 건을 상의했다.

"신부님, 한국의 공영방송인 KBS에서 저와 톤즈 수도원을 취재하고 싶다는 연락이 왔습니다. 저는 이 취재가 저 개인에 대한 취재인 동시에 톤즈 수도원, 더 넓게는 살레시오회의 아프리카 선교에 대한 취재라고 생각합니다. 물론 공영방송이기에 종교적인 부분은 최소화할 거라고 생각하지만, 방송이 나가면 톤즈에 대한 관심이 높아져 좀 더 많은 후원자가 생길 가능성도 있을 것 같습니다.

저 하나 유명해지고 싶어서가 아니라 살레시오회 선교를 알리고 후원 계기를 마련하는 차원에서 취재를 허락하는 게 어떨지 상의드립니다."

"존 신부님, 저도 같은 생각입니다. 그런데 정말 한국에서 여기까지 올까요? 공영방송이면 갖고 오는 장비도 꽤 많을 텐데 설마 전세기로 오는 건 아니겠죠? 하하."

"하하하."

두 신부는 한참 웃었다. 그리고 이태석 신부는 조금 더 자세히 알아보겠다며 이날 밤 안정효 의사에게 "방송사 취재 건을 더욱 구체적으로 알고 싶다. 망설여지기도 하지만 이곳의 가난한 사람들뿐만 아니라, 풍족한 생활을 하면서도 감사한 줄 모르고 살아가는 한국의 많은 사람에게도 도움이 되지 않을까 싶다"는 내용의 답신을 보냈다.

얼마 후 KBS에서 연락이 왔다. KBS1 TV에서 방영하는 〈한민족 리포트〉라는 한 시간짜리 프로그램으로, 세계 각지에서 열심히 사는 한국인들의 현지 생활을 방송하는 것이라고 했다. 프로그램의 목적은 문화와 언어가 다른 곳에서 새로운 환경에 도전하는 사람들의 이야기를 통해 국내 시청자에게 자부심과 미래에 대한 희망, 비전을 주는 것이었다. 이태석 신부는 제작진에게 자신은 살레시오회 소속 사제로서 수단 남부 톤즈에서 하는 활동은 NGO의 구호 활동이 아니라 선교 활동인데 그래도 괜찮은지 물었다. 취재팀은 충분히 소화할 수 있다며 살레시오 수도원과 주민을 존중하는 자세로 취재하겠다고 답했다.

9월, 취재팀이 톤즈에 와서 일주일에 걸쳐 취재하기로 하고 드디어 케냐 나이로비에 도착했다. 그런데 취재팀이 당시 악명을 떨치던 무장 떼강도를 만나 모든 장비와 비용을 빼앗겼다는 비보悲報가 들려왔다. 이 소식을 들은 이태석 신부는 제임스 신부에게 장비를 다 뺏기고 빈손으로 돌아갔으니 다시 오기는 힘들 것 같다고 했다. 그러자 제임스 신부는 웃으면서 "우리는 하느님의 뜻대로 살면 된다"며 그를 위로했다.

한국으로 돌아간 취재팀은 모든 걸 재정비해서 두 달 후에 다시 오겠다는 연락을 보내왔다. 제작팀으로서도 톤즈 취재는 포기하고 싶지 않은 소재였다. 전기도 들어오지 않고 아스팔트 길도 없는 아프리카 오지 중의 오지에서 의료 활동과 교육 활동을 하는 선교사, 그것도 단기간이 아니라 그곳에 뼈를 묻을 각오로 일하고 있는 의사 신부가 시청자에게 감동과 동시에 어떤 강한 메시지를 전해줄 거라고 확신했다. 그리고 이해에 출범한 노무현 정부에서 취임한 정연주 KBS 사장이 공영방송의 공공성 회복을 중시한 것도 많은 비용을 들여야 하는 톤즈 촬영 재도전에 힘이 되었다.

2003년 12월 29일 밤 12시, 한국에서 〈한민족 리포트〉 '아프리카에서 찾은 행복 ― 수단 이태석 신부' 편이 방영되었다. 제작진의 예상대로 시청자들의 반응은 뜨거웠다. 시청자 게시판에는 이태석 신부의 활동에 큰 감명을 받았다면서 조금이라도 돕고 싶다는 글이 줄을 이었다. 이태석 신부의 조카 김규동은 톤즈의 열악한 상황과 가난에 고통받는 이들에게 힘을 보태기 위해 '수단이태석신부님'이라는 인터넷 카페를 개설했다. 그곳으로 국민의 크고 작은 후원이 하나둘 모이기 시작했다.*

　다음 해 7월 5일, 이태석 신부는 한국을 떠난 지 3년 만에 귀국했다. 선교사에게 3년마다 주어지는 정기 휴가였지만, 가족과 선후배·동료를 만나는 며칠을 제외하고는 톤즈와 관련한 일에 매달려야 했다. 무엇보다도 최근에 완공한 톤즈 병원을 위해 초음파 진단기를 비롯한 의료 장비를 준비해서 선편으로 부쳐야 했고, 진료소 운영 기금을 마련하기 위해 열리는 많은 후원 행사에 참여해야 했다. 그뿐만 아니라 한 달 정도 정형외과, 일반외과, 산부인과 임상연수 계획도 있었다. 그게 끝이 아니었다. 〈한민족 리포트〉로 감동을 준 그가 귀국했다는 소식이 전해지자 수많은 언론사에서 인터뷰 요청이 쇄도했다.

　"우리가 전하는 작은 관심과 사랑이 수많은 아이의 목숨을 살리고 교육 혜택을 줄 수 있습니다."

　"많은 분의 후원으로 최근 현지에 진료소 건물을 완공했습니다. 의료 장비도 채 갖추지 않은 작고 초라한 건물이지만, 그곳은 가난과 질병으로 고통받는 수단 어린이들의 희망과 구원의 보금자리가 될 것입니다."

　몸이 열 개라도 모자랄 정도였지만 톤즈에 대한 관심을 모으고, 선교의 중요성을 알릴 기회라며 거절하지 않았다. 톤즈에서만 부족한 줄 알았던 시간이 한국에 와서도 부족했던 것이다.

---

* 2020년 1월 인터넷 카페 '수단이태석신부님' 초기 회원인 오이화의 증언. 이 카페는 2007년 (사)수단어린이장학회로 확대 개편되면서 현재까지 활발하게 활동하고 있다.

성탄 미사를 드리는 이태석 신부

"나누기엔 가진 것이 너무 적다고 걱정하지 마십시오. 우리에겐 하찮을 수 있는 1%가 누군가에게는 100%가 될 수 있습니다."

이태석 신부는 1%의 나눔을 실천하는 사랑을 베풀어달라고 호소했다. 호응은 뜨거웠다. 그의 기도가 통한 듯 학생, 어른, 의료계의 성원이 그해 말까지 이어졌다. 그리고 2004년 성탄절, 이태석 신부는 뜨거운 감사의 마음으로 성탄 미사를 집전했다.

슈크란 바바

2005년 1월 초, 수단 남부의 독립을 위해 투쟁하던 존 가랑John Garang de Mabior(1945~2005)의 수단인민해방운동Sudan People's Liberation Movement, SPLM과 수단 북부의 이슬람 정부 사이에 평화협정이 체결되었다. 22년간 계속되던 전투를 중단하고 남·북부 임시 연립정부를 수립한다는 내용이었다. 세부적으로는 6년간 수단 남부의 자치를 보장한 후 2011년 1월에 수단 남부 분리 및 독립 여부 결정을 위한 주민투표referendum를 실시해 그 결과에 따라 남수단 독립국가를 세운다는 내용을 담고 있었다. 평화협정이 체결되자 수단 남부 주민들은 환호하며 감격의 눈물을 흘렸고, 악몽 같던 폭격에 치를 떨던 톤즈 주민들도 두 팔을 흔들며 평화의 기쁨에 젖었다. 200만 명 이상의 가족과 친구를 잃은 주민들이 꿈에도 그리워하던 '평화'였기에 밤

낮없이 몇 주간이나 축제가 이어졌다. "이젠 비행기 소리가 들려도 혼비백산하며 달아나지 않아도 되고, 밤에 숲속이 아닌 '내 집'에서 편하게 잠잘 수 있게 되었다"며 서로 부둥켜안고 웃고 울며 기쁨의 잔을 나누기도 했다.

평화협정으로 톤즈에도 변화의 물결이 일었다. 인근 우간다, 케냐의 난민 캠프로 떠났던 주민들이 돌아오기 시작했다. 학교와 오라토리오에 오는 아이들의 얼굴에는 기쁨이 완연했다. 너도나도 "슈크란 바바Shukuran Baba"를 외쳤다. '하느님 감사합니다'라는 뜻의 아랍어였다.*

이태석 신부는 그동안 톤즈의 모든 사람을 힘들게 한 내전이 멈췄다는 사실에 가슴이 벅차올랐다. 무엇보다도 아이들이 전쟁의 공포에서 벗어날 수 있게 되었다는 사실이 그를 기쁘게 했다. '이제 아이들이 웃을 수 있겠구나! 이제 아이들의 얼굴이 밝아지겠구나! 이제 아이들에게 평화가 왔구나!' 문득 1년여 전 청소년 축제에서 청소년들이 목청 높여 부르던 가사와 곡조가 맴돌았다.

I give you peace / I give you peace
I give you peace / I give you peace

그는 자신이 간절히 바라고 꿈꾸던 평화가 찾아온 것이 너무나

---

* 수단 남부에서는 영어와 딩카어뿐 아니라, 수단 북부에서 쓰는 쉽고 짧은 아랍어도 사용한다.

감사했다. 아이들이 인사말처럼 하는 '슈크란 바바'가 가슴 깊숙한 곳으로 파고들며 자신도 모르게 곡조가 떠올랐다.

슈-크란 슈-크란 슈-크란 바 — 바
슈-크란 슈-크란 슈-크란 바 — 바
슈-크란 슈-크란 슈-크란 슈-크란 슈-크란 슈-크란 바 — 바

_ 이태석 작사·작곡, 〈슈크란 바바〉

평화를 염원하는 톤즈 주민들의 꿈과 자신의 기도가 이루어진데 대한 감사의 찬미가 낮고 부드럽게 흐르는 곡으로 탄생했다. 그는 완성한 악보를 오라토리오 음악반 학생들에게 보여주며 연주하게 했다. 합창단 학생들은 멜로디언과 피리, 기타 반주에 맞춰 노래했다. 학생들뿐 아니라 이태석 신부의 눈에서도 눈물이 흘러내렸다. "슈-크란 슈-크란 슈-크란 바 — 바." 얼마나 바라던 평화인가! 그는 그날 밤 십자가 앞에서 무릎을 꿇고 오랫동안 감사의 기도를 드렸다.

3월 말, 병원에 콜레라 환자가 들이닥치기 시작했다. 오염된 강물이 원인이었다. 평화협정 이후 이웃 나라 난민 캠프로 피란 갔던 주민들이 돌아왔는데, 그들의 수에 비해 우물이나 수동식 펌프가 터무니없이 부족해 많은 사람이 오염된 강물을 식수로 사용했다. 처음에는 간단한 설사병이라 여기고 하루 이틀 견디며 저절로 멎기를 기다렸다. 그렇게 병원에 와보지도 못하고 집에서 변을 당하는 사람이 속출하자, 병원으로 환자가 들이닥치기 시작한 것이다. 한 환자

의 팔에 링거액을 꽂고 돌아서기도 전에 구토와 설사로 탈진한 환자들이 찾아왔다. 네 시간 만에 병원 마당까지 발 디딜 틈 없이 환자들이 꽉 들어찼다.

전쟁도 이런 전쟁이 있으랴? 정말이지 아비규환이다! (…) 밀려 들어오는 환자들에 비해 일손이 턱없이 부족하다. 환자들이 화장실에 갈 여력도 시간도 없다. 일어날 힘도 없어 그냥 누운 자리에서 계속 설사와 구토를 해댄다. (…) 네다섯 번 정도 설사를 하고 나면 몸에 남아 있는 물이 거의 없게 되어 대량의 링거액을 혈관 주사로 급히 공급해야 한다. 그러지 않으면 심한 탈수로 한두 시간 안에 목숨을 잃게 되는 위급한 상황에 처하게 된다. (…) 자기에게 주사를 먼저 놓아달라는 환자들의 아우성 소리, 구토와 설사를 하는 환자들의 '우왝' 소리, 복통과 근육통으로 인한 신음 소리, 구토와 설사의 분비물들에서 나오는 악취와 엄청나게 달려드는 수십만 마리의 파리 떼, 링거 주사액을 들고 환자들 사이로 바쁘게 이리 뛰고 저리 뛰는 나와 간호사 수녀님의 긴장된 숨소리, 병원에 도착하자마자 명을 다한 환자 가족들의 곡소리 등 정말이지 전쟁터를 방불케 하는 처참한 아수라장이었다.

_ 이태석, 《친구가 되어 주실래요?》(생활성서사, 2009, 61~65쪽)

그는 하루 한두 시간밖에 잠을 자지 못하며 환자들의 목숨을 구했고, 콜레라는 한 달이 지날 무렵 진정되었다. 정신을 차린 주민들은 목숨을 구해줘서 고맙다며 앞다퉈 인사를 했고, 가족들은 호박 같은 농작물을 수줍게 건네며 감사를 표시했다. 그는 콜레라와 사투를 벌인 40일이 부활절 전 사순 시기였음을 떠올리며 그 의미를 되새겼다. '이번 사순절은 주님의 죽음과 부활을 체험한 하나의 긴 피정과도 같았구나.' 그리고 하느님께서 이런 시련을 통해 자신이 혹시 갖게 될지 모르는 자만심을 다스려주시는 건지도 모르겠다고 생각하며 다시 한번 마음을 다잡았다.

이태석 신부는 며칠 쉬고 싶었지만, 오라토리오 학생들과 부활절 미사 때 연주할 성가 연습을 해야 했다. 그렇게 부활절 미사와 행사를 모두 마치자 톤즈 살레시오 수도원에 큰 선물이 도착했다. 작년 여름 한국에 갔을 때 받은 도움의 손길이 가득 담긴 세 대의 컨테이너가 4개월의 길고 불확실한 여행 끝에 톤즈에 도착한 것이다.

2월 초쯤 이태석 신부는 케냐의 항구도시 몸바사Mombasa에 아무 문제 없이 도착한 컨테이너가 우간다와 수단의 국경인 카야라는 곳의 숲속 외딴 도로에 고립되었다는 소식을 전달받았다. 차축이 부서져 꼼짝할 수 없게 되었다고 했다. 이태석 신부는 눈앞이 캄캄했다. 아주 위험한 곳이기에 오래 머무를 경우 컨테이너를 통째로 강탈당할 수도 있었다. '어떻게 준비한 것인데…….' 많은 사람의 얼굴이 떠오르며 잠이 오지 않았다. 공부에 목말라 하는 이곳의 착한 학생들이 쓸 소중한 문구와 책걸상, 가난한 환자의 치료를 위한 장비와 약품들, 그리고 전쟁으로 인한 마음의 상처를 조금이나마 어루만져줄 소중한 악기들……. 어떻게 하지? 하지만 전화 연락도 불가능하고 자동차로 가도 열흘 이상이 걸리는 외딴곳이라 그가 직접 나설 수도 없었다. 이태석 신부는 묵묵히 기도를 올렸다. 컨테이너 안에는 물건보다 몇백 배는 더 소중한 '마음'이 들어 있었다. 값으로 따질 수 없는, 수단의 가난한 형제자매에 대한 한국 사람들의 따뜻한 관심과 사랑, 나아가 이곳 사람들에 대한 하느님의 엄청난 자비와 사랑이 그 안에 있었다. 거기까지 생각이 미치자 오히려 하느님께서 지켜주실 것이라는 배짱이 생겼다.

게다가 그 이후로 콜레라 환자들이 몰려온 탓에 정신없이 치료에 전념하느라 컨테이너를 걱정할 시간도 여유도 없었다. 그런데 부활절 행사를 막 끝내자 트럭 한 대가 요란한 소리를 내며 수도원 대문 안으로 들어서는 것이 아닌가! 눈을 부릅뜨고 트럭 뒷부분을 살펴보니 큰 컨테이너가 매달려 있고, 그 뒤에도 컨테이너를 실은 트럭 세 대가 꼬리에 꼬리를 물고 들어오고 있었다. 이태석 신부는 생애 최대로 기쁜 순간을 맞은 듯 소리를 지르면서 껑충껑충 뛰고 싶을 정도였다. 이런 부활절 선물을 받은 적이 있던가! 감격이 몰려왔다. 그는 다시 한번 하느님의 섭리가 정말 오묘하다고 생각하며 감사의 기도를 드렸다.

컨테이너 문이 열리자 병원 장비뿐 아니라 책걸상을 비롯해 트럼펫, 클라리넷, 플루트, 트롬본, 튜바, 유포니움 등 악기들이 내려왔다. 톤즈의 그룹사운드는 인원이 많지 않아 돈 보스코가 오라토리오를 운영하면서 1870년에 만든 악대처럼 브라스밴드를 꾸릴 생각으로 주문한 악기들이었다. 아이들은 컨테이너에서 자신이 사용할 물건이 내려질 때마다 환호성을 지르며 기뻐했다.

아이들은 공부에 대한 열망이 높았다. 학교에서 쓸 물건에 기뻐하는 모습만 보아도 알 수 있었다. 이태석 신부는 중학교 교실 건물

한국에서 도착한 컨테이너

을 더 많이 만들수록, 그리고 훗날 고등학교까지 만들 수 있다면 아이들이 톤즈 미래의 주역이 되리라고 믿었다. 그는 그 길을 향해 인내를 갖고 한 걸음 한 걸음 가겠다며 주먹을 불끈 쥐었다.

이태석 신부는 폭격으로 부서진 옛날 학교 건물을 재건축하는 일에 박차를 가했다. 부서진 벽을 돌과 시멘트로 다시 쌓고, 수단 북부인들이 떼어간 양철 지붕을 다시 얹고, 창문과 문을 만들어 페인트까지 칠했다. 그러자 한국의 여느 학교 부럽지 않은 학교다운 모습이 드러났다. 학교가 궁궐처럼 변했다며 좋아하는 아이들을 보면서 그의 입가에도 저절로 흐뭇한 미소가 떠올랐다.

이태석 신부를 기쁘게 하는 일이 또 있었다. 아이들의 신앙도 몰라보게 성숙해간다는 것이었다. 새벽 6시 미사에 하루도 빠지지 않고 꼬박꼬박 참석하는 아이가 200명 정도였다. 오후 5시 30분, 운동장에서 신나게 뛰어놀다 묵주기도 시작을 알리는 종소리가 나면 아이들은 누가 시키지 않아도 하던 운동을 멈추고 망고나무 밑 작은 성모상이 있는 곳으로 모여들었다.

수업도 순조롭게 시작되었다. 1학년부터 8학년까지 800여 명의 학생이 등록했다. 그가 처음 톤즈에 왔을 때 학생이 50명이었으니, 후원금으로 마련한 교실 덕분에 학생 수가 16배 가까이 증가한 것이었다. 가깝게는 30km, 멀게는 100~200km 떨어진 곳에서 톤즈로 유학 오는 학생도 무려 400~500명이나 되었다. 학교가 없는 지역이 워낙 많아서였다.

이태석 신부는 제임스 신부와 상의해서 임시방편으로 대나무, 흙 그리고 짚으로 간단한 초가집을 지어 기숙사를 만들었다. 그러나 400~500명의 아이들을 다 수용할 정도의 규모는 아니었다. 그래서 기숙사에 들어오지 못하는 아이들은 친척 집을 찾았고, 친척이 없으면 숲속에서 자기도 했다. 1년 등록금은 약 3만 원 정도로 책정했고, 아이들에게 매일 12시 20분에 아침 겸 점심 식사를 제공했다.

이태석 신부는 기숙사 부족 문제를 해결하고자 한 방에 40명 정도가 지낼 수 있는 시멘트 건물 공사를 시작했다. 또 내년에는 제임스 신부와 고등학교를 설립할 계획을 세웠다. 톤즈 인근 200km 내에 고등학교가 하나도 없기에 타오르는 학구열에도 불구하고 많은 아이들이 중학교를 마치면 더 이상 공부할 수가 없었다. 그는 고등학교 1학년과 2학년, 각 학년에 한두 반을 만들고 싶었다. 그러려면 교실만이 아니라 교과서, 실험실 등 필요한 것이 많았다.

이태석 신부는 브라스밴드를 조직하기 위해 자신이 먼저 악기 사용법을 익혔다. 음악적 재능 덕인지 악기를 익히는 데는 오래 걸리지 않았다. 가진 악기를 세어보니 35명이 참가할 수 있어 간단한 오디션을 통해 '톤즈 브라스밴드'를 조직하기로 했다. 학교가 끝나면 연습했는데, 이태석 신부는 아이들이 일주일 만에 〈사랑해 당신을〉을 합주하는 모습을 보며 감탄하지 않을 수 없었다. "이들의 피에는 음악이 흐른다"고 말할 만했다. 아이들의 연주 실력은 하루가

돈 보스코가 만든 오라토리오 악대(1870년)

돈 보스코는 "음악이 없는 오라토리오는 영혼 없는 육신"이라며 오라토리오 악대를 창설했다.

이태석 신부가 만든 톤즈 브라스밴드

다르게 향상했다. 그는 친구에게 보낸 메일에서 "내가 하는 고생에 비해 아이들이 음악을 통해 나에게 주는 형언할 수 없는 기쁨은 비교할 수 없을 만큼 크고 벅차다"고 했다. 아이들이 느끼는 성취감이 곧 자신의 성취감이 되면서 이태석 신부는 톤즈 아이들의 진정한 친구가 되어갔다.

톤즈에 브라스밴드가 만들어졌다는 소문은 다른 큰 도시에까지 퍼져나갔다. 톤즈에서 200km 떨어진 쿠와족 마을에 남수단 자치 정부 대통령이 방문했을 때는 특별히 초청도 받았다. 그들은 10만 군중 앞에서 성공리에 공연을 마치고 개선장군처럼 톤즈로 돌아왔다.

그 무렵, 제임스 신부가 톤즈에서 남쪽으로 500km 떨어진 마리디Maridi 수도원 원장으로 떠나게 되었다. 마리디 수도원은 1980년에 문을 열었다가 내란이 심해져 2년 만에 폐쇄된 곳이었다. 그런데 수단 평화협정이 체결되고 치안이 개선되자 재건하기 위해 톤즈 수도원 개척자이던 제임스 신부를 마리디 수도원으로 보내기로 결정한 것이다. 떠날 때가 되면 떠나고, 새롭게 사역할 선교지가 생기면 그곳으로 가야 하는 것이 선교사였다. 이태석 신부는 친형님처럼 의지하던 제임스 신부가 떠나는 게 몹시 서운했다. 아무리 선교사라지만 그도 인간이기에 아쉬운 감정을 감출 수 없었다.

"신부님, 너무 섭섭합니다. 저에게 톤즈도 소개해주시고, 그동안 제가 계획하는 일들을 추진할 수 있도록 항상 큰 힘이 되어주셨는데……."

그는 더 이상 말을 잇지 못했다.

"존 신부님, 지금은 떠나지만 우리는 언제고 다시 만날 수 있는 살레시오 형제들입니다. 저도 많이 서운하지만 존 신부님이 계속 수단에 계신다면 또 만날 수 있을 겁니다. 하하."

"신부님, 저는 톤즈에 뼈를 묻을 각오로 왔습니다. 관구에서 다른 곳으로 파견하지 않는 한 계속 톤즈에 있을 겁니다."

"예, 신부님은 여기서 아직 할 일이 많습니다. 존 신부님과 함께 계획한 고등학교가 개교하는 걸 못 보고 떠나지만, 신부님은 꼭 고등학교까지 만드실 거라고 믿습니다. 비록 3년의 짧은 기간을 함께했지만, 신부님의 열정과 아이들을 사랑하는 마음을 보며 감명받을 때가 많았습니다. 신부님이 톤즈의 돈 보스코입니다."

"제임스 신부님, 과찬이십니다. 저는 신부님께서 어려운 시기에 숱한 역경을 이겨내시면서 톤즈 수도원을 지켰던 모습, 후배 선교사를 늘 믿어주시는 인품을 오래도록 기억할 겁니다. 부디 마리디 수도원과 신부님께 하느님이 함께하시기를 기도하겠습니다."

두 신부는 수도원 마당에서 쏟아지는 별을 바라보며 오랫동안 이야기를 나눴다. 제임스 신부가 마리디 수도원 재건의 기반을 닦는 동안에도 두 사제는 계속 연락을 주고받으며 형제애를 나눴다. 그들은 꼭 다시 만나리라 약속했다. 그러나 나중에 제임스 신부가 다시 톤즈 수도원으로 돌아왔을 때는 이태석 신부가 톤즈를 떠나 하느님의 품에 안긴 후였다.

제임스 신부의 후임 원장 자리는 잠시 휴양을 하던 피터 신부가 맡았다. 이태석 신부와 나이는 비슷했지만 피터 신부가 먼저 톤즈에 왔을 뿐 아니라 사제 서품도 10년이나 일찍 받았기 때문이다.

"존 신부님, 앞으로 고등학교 건축과 개교를 위해 많은 일을 해주시기를 부탁드립니다."

"예, 신부님. 열심히 하겠습니다."

"고맙습니다. 저도 계속 존 신부님의 활동을 적극 지원하겠습니다. 병원 일과 학교 일을 신부님께서 전적으로 맡아주시면, 저는 주민들과 농업 쪽 일을 해보려고 합니다. 톤즈의 인구가 많이 늘었고 피란 갔던 난민들도 돌아오고 있어 유엔세계식량계획에서 톤즈 지역의 식량 문제를 심각한 수준으로 판단하고 있습니다."

심각한 건 식량 사정만이 아니었다. 톤즈에는 146개의 수동식 펌프를 이용한 우물이 있었는데, 65개 정도만 제대로 작동했다. 이 수치는 하나의 우물을 1만 1,200명의 인구가 사용하고 있다는 뜻이었다. 깨끗한 물이 턱없이 부족했다. 이는 언제 다시 콜레라가 유행할지 모르는 위험을 안고 있다는 의미이기도 했다.

다행이라면 톤즈의 경제가 조금씩 좋아지고 있다는 사실이었다. 평화협정 이후 주민들이 돌아옴에 따라 시장 쪽으로 인파가 제법 모였다. 주변국에서 온 상인들이 자본력을 바탕으로 콜라와 맥주도 팔기 시작했다. 그리고 시비콘Civicon이라는 도로공사 회사가 유엔세계식량계획 등의 원조를 받아 톤즈부터 룸벡까지 120km의 직선 도로를 건설하기 시작했다. 아스팔트는 아니었지만 우기에도 다닐 수 있는 도로였다. 이 길이 완성되면 룸벡까지의 다섯 시간 거리를 두 시간으로 크게 단축할 수 있었다. 물자를 신속히 수송하면 더 이상 터무니없는 가격에 물건을 사지 않아도 될 터였다.

희망을 짓다

2006년, 44세의 이태석 신부는 여전히 오전마다 200~300명의 환자를 진료했다. 일주일에 일곱 시간씩은 8학년 학생들 수학을 가르쳤고, 오후엔 오라토리오 활동을 하면서 밴드부 아이들에게 새로운 노래를 연습시켰다. 저녁에는 학생들 자습을 도와주었는데, 응급 환자가 심심치 않게 찾아오곤 해 보통 자정쯤 되어 잠자리에 들곤 했다. 가끔은 심한 말라리아로 병원 문을 두드리는 환자를 진료하기 위해 새벽에 잠자리에서 일어나기도 했다. 그도 인간이기에 짜증 날 때가 있었다. 그러나 가진 것 하나 없는 불쌍한 사람들이라는 생각에 밤중에 찾아오는 예수님을 맞이하듯 기쁘게, 그리고 최선을 다해 치료했다. 덕분에 기적적으로 살아서 퇴원하는 환자들을 보면 큰 보람을 느끼곤 했다.

매년 많은 아이의 목숨을 앗아가던 홍역은 작년에 시작한 예방접종 프로그램의 효과로 큰 사고 없이 지나가고 있었다. 백신을 보관할 수 있는 냉장고를 가동할 전기가 없어 고민하자, 케냐의 나이로비 수도원에서 유엔아동기금UNICEF에 석유로 돌리는 작은 냉장고가 있다고 알려줬다. 석유 냉장고를 톤즈로 가져온 이태석 신부는 홍역, 파상풍, 볼거리, 백일해, 결핵 등의 예방접종을 시작했다. 주사를 맞기 위해 아이를 데리고 온 아주머니들이 아침 일찍부터 병원 앞에 긴 줄을 섰다. 일주일에 두 번 나가는 이동 진료 때는 숲속에 있는 마을 구석구석을 돌아다니면서 교육과 홍보를 겸하며 많은 아이에게 예방주사를 놓아줬다. 길을 찾고 만들며 다니는 게 고생스럽긴 했지만, 작은 수고로 수많은 생명을 구할 수 있기에 돌아올 때는 보람이 가득했다. 홍역은 더 이상 톤즈 주민들에게 공포의 대상이 아니었다.

배움에 대한 톤즈 학생들의 목마름도 줄지 않았다. 열심히 공부하는 학생 수가 점점 늘어 1학년부터 8학년까지 한 반에 50명씩 모여 수업을 받았다. 초등학교 4학년까지는 세 반, 5~6학년은 두 반, 7~8학년은 한 반으로 운영했다. 교사 수도 20명으로 늘어났다. 학교를 시작한 지 오래되지 않아서 저학년이 많고 고학년이 적은 피라미드 형태였지만, 시간이 지나면 고학년 학생 수가 늘어날 테니 고등학교가 필요한 것도 시간문제였다.

고등학교를 개교하려면 먼 곳에서 오는 학생들을 위한 기숙사도 함께 지어야 했다. 현재 톤즈에서 가장 가까운 고등학교는 룸벡에 있었다. 그러나 제대로 된 시간표도 없으며, 교사가 오면 수업이 진행되고 오지 않으면 무작정 기다려야 하는 식으로 운영하고 있었다. 하루에 많으면 두세 시간의 수업만 이루어지는 실정이었다. 그래서 중학교를 마친 학생 가운데 많은 수가 고등학교에 진학하지 않고 학업을 포기했다.

톤즈 수도원은 제임스 신부가 떠나기 전 남수단 자치 정부와 협의해서 학교 건물 부지를 무상으로 확보했다. 다만 건축은 아직 시작하지 못하고 있었다. 한국에서 계속 후원금과 학용품, 의약품 같은 물품이 들어오고 있었지만 예산이 많이 부족한 상태였다. 그래도 이태석 신부는 내년 4월에는 나무 그늘 밑에서 수업하는 한이 있더라도 고등학교를 개교해야겠다고 마음먹었다. 배우고 싶어 하는 학생들에게 공부할 장소와 기회를 주지 않는 것은 어떤 이유에서든 어른들 잘못이라고 생각했다. 몇 달 동안 여러 계획을 고심하던 그는 수도원 원장인 피터 신부를 만났다.

"피터 신부님, 그동안 우리가 여러 차례 논의했지만 역시 고등학교는 절대적으로 필요합니다. 우리 살레시오회에서 벌써 학교 부지도 확보했고, 필요한 정부의 허가도 서류화했습니다. 고등학교 교육을 시작하는 것도 시간을 다투는 응급 사안으로 인식하고 있습니다. 그런데 아직 후원 단체를 구하지 못했습니다. 그래서 내년으로 예정된 저의 정기 휴가를 1년 앞당겨주시면 여름쯤 한국에 나가서 후원자를 찾고, 한국 정부에서 도움을 줄 길이 있는지도 알아보겠습니다."

"신부님, 좋은 생각이십니다. 신부님의 의견에 전적으로 동의합니다. '교육의 활성화를 통한 수단의 재건설'은 수단에 있는 모든 살레시오회의 공통된 목표이지 않습니까. 그동안 한국의 후원자들 덕분에 병원과 학교가 건립되어 저는 그분들에 대한 감사의 마음이 가득합니다. 물론 존 신부님은 더 크시겠지만요. 하하. 그런데 이번에는 좀 더 큰 부탁을 드려야 하는지라 저도 신부님께 말씀을 못 드리고 있었습니다. 이렇게 먼저 말씀해주시니 얼마나 감사한지 모르겠습니다. 쉬운 일은 아니겠지만 우리가 하는 일에는 늘 하느님께서 함께해주시리라 믿습니다. 돈 보스코께서 '청소년들과 함께하는 삶의 여정은 맨발로 장미 덩굴을 걷는 것과 같다'고 하지 않으셨습니까. 일정을 알려주시면 비행기표를 준비하겠습니다."

피터 신부가 흔쾌히 허락하자 이태석 신부는 귀국을 준비했다. 그는 누구를 만날 수 있을지는 아직 모르지만, 한국 정부 관계자에게 전달할 '남수단 톤즈의 교육 개선 방안'이라는 문서를 만들었다.

이태석 신부가 9월부터 두 달 동안 한국에 다녀온다는 소식에 학생들은 서운한 감정을 감추지 못했다. 그동안 수학 선생이 없어 이태석 신부가 졸업반 아이들의 수학을 가르치고 있었는데, 두 달간 수업을 못 한다는 사실에 낙담하며 우는 아이들도 있었다. 그중 열댓 명은 떠나기 전날 밤까지 그를 찾아와 혼자서는 도저히 이해하기 어려운 방정식과 비례 문제 등을 질문했다. 아쉬워하기는 브라스밴드 단원들도 마찬가지였다. 그들은 6월 중순, 당시 수단 남부의 부통령 살파 키르Salva Kiir(이후 남수단 초대 대통령)가 톤즈를 방문했을 때 화려한 유니폼을 입고 환영 행사에 참석해서 멋지게 연주를 했다.

남수단 톤즈의 교육 개선 방안

이태석 신부가 한국 정부에 제출하기 위해 작성한 '톤즈 고등학교 프로젝트' 요청 계획안은 그의 노트북에 저장되어 있었다. 이 계획안은 (1) 수단의 살레시오회 (2) 남수단 (3) 톤즈 카운티 (4) 대응 전략 (4-1) 문명 교육 (4-2) 삶에 필요한 기술 (4-3) 인성 교육 (5) 대응 전략에 대한 실행 (6) 톤즈 고등학교 프로젝트 요청 등의 항목으로 구성되었다. 모두 5쪽이다.

"살레시오회는 젊은이들의 교육에 우선적 초점을 두는 가톨릭 수도회로서, 전세계 100여 개국에 2만여 명의 회원들(신부와 수사)이 활동하고 있다. 살레시오회는 1979년에 처음으로 수단에 진출해 톤즈Tonj, 와우Wau, 카르툼Khartoum, 엘오베이드El Obeid 그리고 주바Juba 등의 도시에 젊은이들의 교육기관을 설립하여 활동하고 있다. 내전으로 인한 어려운 시기에 많은 비정부 단체들이 수단 남부를 포기하고 떠났으나, 살레시오회는 어려울 때일수록 더욱 이곳 원주민들과 함께 어려움을 나누어야 한다는 확신을 가지고 계속 수단 남부에 남아 활동하고 있다. 이러한 동고동락이 살레시오회가 이곳 주민들과는 물론 이곳 정부와도 좋은 인간적이고 끈끈한 관계를 유지할 수 있는 원동력이 되고 있다. (…) 살레시오회는 대한민국 정부에 수단의 밝은 미래를 짊어지고 갈 톤즈 고등학교 설립을 위한 자금 후원을 조심스럽게 요청하는 바이다. 톤즈의 살레시오고등학교는 단순하게 이곳 아이들에게 고등교육을 받을 기회를 제공하는 것을 넘어 수단 전체의 총체적 발전을 위해 이바지할 것임을 확신하고 있다."

부통령은 "수단의 어떤 곳에서도 이렇게 거창한 환영 인사는 받아본 적이 없다"면서 브라스밴드를 극찬했다. 이처럼 사기가 하늘을 찌르고 있던 터에 지휘자가 두 달이나 자리를 비운다니 단원들은 실망을 금치 못했다. 그러나 이태석 신부는 속으로 하느님께서 이런 방법으로 자칫 단원들에게 생길 수도 있는 교만함을 다스리는 것이리라 생각했다. 브라스밴드 단원은 900명의 학생 중 불과 35명이었기에 자칫 다른 학생들이 위화감이나 자격지심을 갖지 않도록 많은 신경을 썼다.

그는 톤즈를 떠나면서 가슴이 너무나도 아팠다. '그렇게 배우고 싶어 하는 아이들이 선생이 없어 공부를 못 하다니……' 병원에 찾아왔다가 의사가 없어 절망감에 사로잡혀 돌아갈 응급 환자들도 마음에 걸렸다. 그래도 '주님께서 지켜주시겠지'라고 믿으며 스스로를 위안했다.

귀국할 때 이태석 신부는 추석이 끼어 있는지도 몰랐다. 추석 덕분에 가족들과 함께 지내는 시간을 충분히 가질 수 있었다. 수확의 결실에 감사하게 되는 계절이어서 그런지 두 달 동안 그는 주위의 사소한 것들만 보아도 감사의 마음이 넘쳤다. 길 가다가 목이 마를 때 시원한 콜라나 사이다, 맥주 등을 쉽게 살 수 있는 것, 자동차 연료가 바닥일 때 언제든 주유소에 가서 기름을 주입할 수 있는 것, 시골구석 마을까지 아스팔트가 깔려 있어 편하게 다닐 수 있는 것, 입력만 하면 한 번도 가보지 못한 곳을 안내해주는 내비게이션에까지 감사하는 마음이 들었다. "원하는 것은 무엇이든지 구할 수 있다"는 한국이 신기하게 느껴질 만큼 그는 톤즈 사람이 되어 있었다.

물론 가장 감사한 건 따뜻한 후원자들의 마음이었다. 그는 "정말 하느님은 계십니다. 또 우리를 사랑하고 계십니다"라는 말을 가슴속 깊이 체험하는 중이었다. 너무나 많은 사람이 톤즈의 고등학교 건립 프로젝트에 공감하며 후원을 보냈다.

한국 정부는 이태석 신부가 제출한 고등학교 프로젝트를 검토

해보겠다고 답했다. 그러나 남수단은 아직 완전한 독립국가가 아니라고 덧붙였는데, 이 말은 사실상 거절이나 다름없었다. 그 대신 가톨릭 신자인 두산그룹의 박용성 회장이 큰 관심을 보여 직접 만나서 프로젝트를 설명할 수 있었다. 두산그룹은 앞으로 원활하게 연락하자면서 인공위성 인터넷을 위한 접시 안테나와 주변기기를 제공했다. 톤즈에 돌아온 이태석 신부는 접시 안테나를 지붕 위에 고정시켰다. 그리고 방위각, 위도, 안테나 각도 등을 배운 대로 정확하게 계산해 인터넷을 개통했다. 속도는 한국처럼 빠르지 않았지만, 앞으로 한국과 아무 불편 없이 소통할 수 있게 된 것이다. 그는 콜럼버스가 신대륙을 만난 것처럼 기뻤다. 본격적으로 톤즈 고등학교 설립 프로젝트를 추진해도 되겠다는 자신감이 생겼다.

그리고 2007년 5월, 꿈에도 그리던 톤즈 돈 보스코 고등학교 건물이 완공되어 새 건물에서 수업을 시작했다. 이는 12년 과정의 톤즈 돈 보스코 초·중·고등학교의 꿈이 이루어졌음을 의미했다. 아직은 많이 부족하지만 이태석 신부는 "시작이 반"이라는 말을 떠올렸다. 다행히 부족한 시설에도 불구하고 학생들의 향학열이 불타올랐다.

6월에는 '수단이태석신부님' 인터넷 카페가 수단어린이장학회로 탈바꿈해 외교통상부로부터 사단법인 허가를 받았다. 〈한민족 리포트〉를 보고 감동받은 사람들을 위해 조카가 만들었을 때 하나둘 모인 회원이 이태석 신부의 귀국 때마다 급격히 늘어 1,300명을 넘어섰기 때문에 보다 투명하고 적극적으로 활동하기 위해서였다. (사)수단어린이장학회는 오늘날까지 활발히 활동을 이어가고 있다. 10월에는

공사 후 고등학교 건물

두산그룹에서 이태석 신부의 활동을 동영상으로 촬영하기 위해 톤즈에 도착했다. 이태석 신부는 열흘 동안 톤즈 돈 보스코 초·중·고등학교 학생들의 활동과 톤즈 주민들의 삶을 안내했다. 이때 촬영한 영상은 〈한민족 리포트〉 영상과 함께 훗날 영화 〈울지마 톤즈〉의 결정적 자료가 되었다.

씨앗을 뿌리는 마음

이태석 신부는 톤즈 고등학교 개교 후 더 큰 꿈을 품었다. 바로 기술
학교였다. 그는 공민호 수사가 수단 북부에서 기술학교를 운영하는
것처럼 톤즈에도 기술학교를 세우고 싶었다. 살레시오회가 한국에
진출했을 때도 처음에는 학교를 세웠고, 그다음에는 당시 취약 계층
이 많이 살던 영등포에 기술학교를 세웠다. 학교에 가지 못하는 수
많은 청소년에게 선반과 목공 기술을 가르쳐 사회에 진출하게 하기
위함이었다.

　이 계획은 후원을 약속한 두산그룹이 중공업 분야 사업을 하고
있으므로 중공업 장비 도움만 받으면 불가능한 꿈이 아니었다. 문제
는 계획을 실천하기 위해 수단 북부 등 외부에 나가야 할 일이 많은
데, 병원을 비우기가 쉽지 않다는 현실이었다.

그는 간절한 마음으로 의사협회와 인제대학교 의대를 통해 최소 6개월 이상 톤즈 병원에 올 수 있는 의료봉사자를 찾았다. 그리고 이태석 신부가 의료봉사자를 애타게 찾는다는 기사가 〈의협신문〉에 실렸다.

하늘이 도왔을까, 이 기사를 보고 '이거다'라며 주먹을 불끈 쥔 의사가 있었다. 신경숙 가정의학과 전문의였다.* 그는 의대를 졸업하고 전문의 과정을 마친 가톨릭 신자였다. 개인 병원에서 산부인과와 소아과, 가정의학과 전문의로 근무했다. 그는 개원하거나 큰 종합병원으로 옮기기 전에 의료봉사를 원 없이 해봐야겠다고 생각하던 중이었다. 신경숙 전문의는 원래부터 의료 혜택을 제대로 받지 못하는 이들을 위한 의료봉사를 꿈꾸고 있었다. 우간다 베네딕도 수녀원에서 운영하는 병원에 2년간 근무한 어느 병원 원장님 이야기를 듣기 위해 무작정 찾아가기도 했다. 그런데 때마침 톤즈에서 의료봉사할 의사를 찾는다는 기사를 본 것이다.

이때부터 신경숙 전문의는 이태석 신부와 메일을 교환하기 시작했다. 그는 신경숙 전문의가 아프리카 봉사를 염두에 두고 있었다는 말에 이 만남이 '하느님의 섭리' 같다는 생각을 했다. 신경숙 전문의는 열정이 있으면서도 신중했다. "머무는 기간은 일단 최소 6개월로 생각하고 있습니다. 상황에 따라 좀 더 있을 것으로 예상하지만, 일단 집에는 6개월가량으로 말씀드린 상태입니다"라는 부분에

• 관련 내용은 2020년 3월 18일 신경숙 현재 순천향대학교 부속 구미병원 가정의학과 부교수의 증언.

서 특히 알 수 있었다. 이태석 신부가 가장 궁금하게 생각하던 건강에 대해서는 "본래 잔병치레 없이 잘 지냅니다. 괜히 아파서 신부님 걱정만 끼치다 오는 게 아닌가 싶지만……. 그곳 날씨에 비할 바는 아니지만 한국 여름에도 선풍기 없이 긴팔 입고 잘 지냅니다"라는 답을 보냈다. 이태석 신부는 그제야 안심이 되었다. 사실 몸이 약하면 열정이 있어도 버티지 못하는 곳이 톤즈였기 때문이다.

2007년 12월, 신경숙 전문의가 무사히 톤즈에 도착했다. 한국에서 의사가 도착하자 톤즈 수도원 식구들은 환한 얼굴로 환영의 박수를 쳤다. 인도 출신으로 톤즈 수도원의 수녀원에서 가장 어른이며 수단에 온 지 40년째인 셀레스티나 수녀, 톤즈 초창기 때 작은 진료소를 운영하던 미리엄 수녀, 이탈리아 출신으로 여장부 스타일인 로사 수녀, 수녀원에서 가장 막내로 활달하면서도 새침한 성격의 안토니에타 수녀 등이 한국에서 온 의사를 반갑게 맞았다. 그리고 피터 신부, 나이지리아 출신의 시릴 신부, 그 외 여러 수사도 환영한다며 인사를 했다. 톤즈 수도원의 활동 범위가 넓어지면서 살레시오회 식구들도 늘어난 것이다.

신경숙 전문의는 도착 다음 날부터 이태석 신부를 따라 병원으로 갔다.

"신 선생님, 내일 제가 외부 일정이 있어 혼자 하셔야 하니 오늘 하루 병원 시스템과 진료 요령을 잘 보셔야 합니다."

신경숙 전문의는 깜짝 놀라며 바짝 긴장했다. 그에게 영어와 딩카어를 구사하는 이태석 신부의 존재는 유난히도 크게 느껴졌다.

"너무 얼지 마세요, 신 선생님. 저는 도착한 날부터 환자를 진료

신경숙 전문의와 톤즈 소녀

했답니다. 그때는 지금보다 시설도 열악하고 약도 거의 없었는데,
닥치니까 다 되더라고요. 그런데 신 선생님은 전문의시니까 저보다
경험도 많지 않으십니까. 한국에 비할 바는 아니지만 지금은 이곳도
웬만한 치료는 할 수 있으니 잘 해내실 수 있을 겁니다. 그리고 언어
는 통역하는 젊은 친구들이 도와줄 테니 걱정 마시고요. 하하."

"예, 신부님."

신경숙 전문의는 알겠다고 대답은 했지만, 과연 자신이 잘할 수
있을지 마음이 떨렸다. 이태석 신부는 오후 환자부터 그에게 진료를
맡겼다. 다행히 몇 명의 환자를 보고 나자 조금씩 자신감이 생겼다.

이태석 신부로서는 처음으로 마음 편히 병원 일에서 벗어날 수
있다는 사실에 가슴이 홀가분해졌다. 이때부터 그는 좀 쉬기도 하고

기술학교 현장 견학
기술학교 견학 후 전문가인 공민호 수사를 톤즈로 초청했다.

학교 일이나 수도원 건축 등을 둘러보러 다니면서 수단 북부에 있는 공민호 수사와 계속 연락을 취했다. 살레시오회에서 기술학교 관련 회의가 열리면 빠지지 않고 참석했다.

이때 톤즈 수도원에는 샤이젠 욥이라는 신학생이 겨울방학을 이용해 두 달 동안 선교 체험을 하러 와 있었다. 이태석 신부가 나이로비 수도원에 갔을 때 만난 신학생이었는데, 그의 권유로 톤즈 수도원에 온 것이다. 그와 이태석 신부는 예전에 제임스 신부와 그랬던 것처럼 서로 생각이 잘 맞았다. 샤이젠 신학생은 그를 친형처럼 따랐다. 이태석 신부는 샤이젠을 데리고 다니며 톤즈 학교 재건 과정을 설명하고 기술학교 계획도 이야기해줬다.

이태석 신부는 샤이젠 같은 신학생이 많이 나와야 남수단 살레시오회가 더욱 활성화할 거라고 믿었다. 그는 현지 학생들의 성소 계발에도 많은 신경을 썼다. 그래서 톤즈와 멀리 떨어진 곳에서 살레시오 활동에 대한 이야기를 듣고 찾아오면 톤즈 수도원에서 성소 체험을 하게 했다. 물론 남수단의 일부다처제 풍습과 가난 등으로 인해 남수단 살레시오회의 구성원이 한국 살레시오회처럼 외국인 선교사에서 현지인으로 바뀌려면 30년 정도 걸릴 거라고 생각하고 있었다. 그러나 씨앗을 뿌리는 심정으로 학생들에게 교리 교육을 하고, 고해성사를 봐주면서 그들이 하느님 품으로 갈 수 있기를 기도했다. 그 결실인지 2007년 톤즈 중학교 재학생 중에서 수녀 한 명과 살레시오 수사 두 명이 나왔다. 샤이젠 신학생은 살레시오회 신부가 되어 현재 남수단에서 사목 활동을 하고 있다.

약속

IV

징후

2008년, 톤즈는 평온했다. 돈 보스코 초·중·고등학교의 학생 수
는 1,400명으로 늘어났고, 기숙사에서는 140여 명의 학생이 생활했
다. 평화협정 후 공립학교가 다시 문을 열긴 했지만, 남수단 자치 정
부의 재정이 열악해 교사들의 월급을 몇 달씩 못 주는 경우가 많았
다. 그러면 교사들이 수업을 하지 않았기 때문에 학생들은 돈 보스
코 학교를 선호했다. 그뿐 아니라 교사 월급이 공립학교에 비해 조
금 더 많아 케냐와 우간다에서도 교사가 왔고, 수업에 임하는 자세
도 진지했다. 이태석 신부는 앞으로 더 많은 학생이 고등학교에 진
학할 수 있도록 계속 학교 건물을 증축하고자 했다. 기술학교도 물
론 중요하지만, 계속 공부할 길을 마련하는 것도 중요했다.

3월 초, 이태석 신부는 둘째 형인 이태영 신부에게 연락을 받았다. 그는 LA 근교 토렌스에 있는 꼰벤뚜알 프란치스코 수도원 원장 겸 성프란치스코 한인 천주교회 주임을 맡고 있었다. 올가을 LA에서 '남가주 성령쇄신대회'가 열리는데 강사로 참가해달라는 내용이었다. 남가주 성령쇄신대회는 캘리포니아 남부 지역 20개 한인 성당 신자들이 참여하는 대규모의 가톨릭 연합 행사였다.

이태석 신부는 한참을 망설였다. 한국에서 강연할 때는 톤즈 이야기라 자신 있게 했지만, 별로 경험이 없는 성령쇄신대회라는 특별한 모임에서 강연하는 것은 부담스럽기 때문이었다. 그의 고민이 길어지자 둘째 형이 이를 짐작하고 "이름은 성령쇄신대회이지만 편안하게 톤즈에서의 경험을 이야기하면 된다"고 했다. 또 참석 인원이 2,000명 이상이라 미주에서도 후원회를 결성하는 계기가 될 테니 잘 생각해보라는 말도 덧붙였다. 이태석 신부는 2주 동안 망설이다가 수락하는 메일을 보냈다.*

이태석 신부는 LA로 가기 전에도 바빴다. 다행히 신경숙 전문의가 6개월로 예정한 봉사 기간을 연장해서 12월까지 있기로 했다. 톤즈에서의 의료봉사에 큰 보람을 느낀 그는 자신이 조금만 더 봉사 기간을 연장하면 이태석 신부가 톤즈를 위해 더 많은 시간을 외부 활동에 쓸 수 있으리라고 판단했다. 돈 보스코 학교에는 신경숙 전문의를 따르는 학생이 많아서 시간 가는 줄 모르고 학생들과 수

---

* 남가주 성령쇄신대회 관련 내용은 2008년 8월 26~27일의 남가주 성령쇄신대회 촬영 영상을 참고해서 재구성했다.

소성당 벽화 작업

2008년 봄, 톤즈 살레시오 수도원에서 제의실로 사용하던 공간을 작은 성당으로 꾸미는 작업이 이루어졌다. 사진은 이태석 신부가 벽에 '가시관을 쓴 예수님'을 그리는 모습이다.

다를 떨 때가 많기도 했다.[*]

이태석 신부는 더욱 바쁘게 움직였다. 건축자재 때문에 나이로비에도 자주 갔고, 기술학교를 더 알아보기 위해 공민호 수사가 있는 수단 북부의 카르툼에도 다녀왔다. 병원과 학교에 더 많은 태양광 패널을 설치하고, 의료품을 지원받기 위해 이탈리아에서 톤즈 수도원을 돕는 살레시오 단체를 방문해서는 예상보다 큰 성과를 갖고 돌아오기도 했다. 그는 벌써 내년 계획을 세우고 있었다.

그러나 문제는 건강이었다. 작년 말부터 허리 통증이 그를 힘들

---

* 신경숙 전문의는 귀국 후 2021년 현재까지 톤즈의 여러 사람과 연락하며 지내고 있다.

성령쇄신대회를 마치고 LA 근교에서

게 했다. 지난 6년간 너무 무리해왔기 때문이었다. 가끔 배가 아프고 혈변血便 증상도 있었지만, 그는 음식으로 인한 가벼운 식중독으로 여겼다.

8월 23일, 한참을 고민하다 수락한 성령쇄신대회가 LA의 한 대학 강당에서 열렸다. 그는 2,000여 명의 신자 앞에서 자신의 신앙 여정과 톤즈에서의 선교 활동에 대해 이야기했다. 강연이 끝날 때쯤에는 여기저기서 흐느낌이 흘러나왔다. 이태석 신부는 그들의 마음이 하느님을 향해 열리고 있음에 감사했다. 그는 2주 동안 LA에 머무르며 몇몇 한인 성당에서 열린 미사와 환영 행사에 참석해 톤즈를 소개했다. 매일 강행군을 하면서 많은 신자를 만났다.

9월 중순, 다시 톤즈로 돌아온 이태석 신부는 자신의 건강에 이상 징후가 나타나고 있다는 사실을 인정했다. 혈변이 계속되었다. 그는 톤즈 진료소 검사실에서 살모넬라 식중독 여부를 알아보기 위해 대변검사를 의뢰했다.* 병원 직원은 검사 결과지를 신경숙 전문의에게 주면서 신부님께 전해달라고 했다. 그날 저녁기도 후 신경숙 전문의는 이태석 신부에게 결과지와 처방약을 전달했다.

"신부님, 결과가 양성으로 나와서 약을 처방했습니다. 그런데 누가 검사를 받은 거예요?"

신경숙 전문의는 이태석 신부가 어디든 외부에 나갈 때는 항상 말라리아 검사 기구와 약을 챙긴다는 사실을 잘 알고 있었다. 같이 지내는 톤즈 수도원 식구들뿐만 아니라, 룸벡 등 다른 지역 수도원으로 출타할 때 의료적 문제가 있으면 병원에서 검사를 해주기 위해서였다. 그리고 검사 결과가 나와서 물어보면 보통은 어디에 있는 누가 아프다고 해서 검사를 한 것이라고 대답하곤 했다. 그러나 이번에는 좀 달랐다.

"예, 뭐 혈변 같은 것이 있어서 검사해봤는데, 약은 괜찮습니다."

신경숙 전문의는 어쩐지 다른 이의 검사 결과가 아닌 것 같다는 생각이 들었다. 그러나 이태석 신부는 원체 말수가 적고, 특히 불필요한 구설이나 오해를 피하기 위해 신경숙 전문의와는 거리를 두는 편이어서 더 이상 묻지 않았다.

● 관련 내용은 2020년 5월 27일, 당시 톤즈 병원에 근무하던 신경숙 전문의의 증언을 바탕으로 재구성했다.

며칠 후, 이태석 신부는 피터 신부에게 10월 29일부터 두 달 동안 정기 휴가를 다녀오겠다고 했다. 신경숙 전문의의 봉사 기간이 12월 중순까지였기 때문에 그 후에는 자신이 병원을 지켜야 했다. 톤즈 수도원 식구들은 올해 이태석 신부가 이탈리아와 미국을 다녀왔기 때문에 정기 휴가를 내년으로 미루리라 예상하고 있었다. 그런데 갑자기 휴가라니……. 신경숙 전문의는 그의 휴가 결정에 혹시 하면서도 "아니야, 아닐 거야"라며 고개를 흔들었다.

그러나 이태석 신부는 자신의 대장에 문제가 있는 것 같다는 예감을 했다. 그럼에도 나이로비, 카르툼으로 다시 바쁘게 움직였다. 한국에 가서 설명할 내년 계획과 기술학교 설립 문제를 준비해야 했다.

10월 29일, 이태석 신부는 나이로비로 가는 경비행기를 타기 위해 룸벡으로 향했다. 나이로비 수도원에서 한 가지 일을 더 마무리하고, 11월 1일 출발해 2일에 한국에 도착하는 여정이었다. 룸벡으로 가는 자동차 안에서 신경숙 전문의가 말했다.

"신부님, 한국에 도착하면 고집부리지 마시고 하루 시간 내서 검진 좀 받으세요. 허리 MRI 같은 것도 찍으시고, 아예 진료도 보고 오세요. 시간 오래 걸리지 않도록 제가 선배한테 부탁해놓을게요."

"예, 알겠습니다."

그러나 신경숙 전문의는 그의 말을 믿기 힘들었다. 워낙 바빠서 시간을 진짜 낼지 모르겠다는 생각이었다. 룸벡 공항에 도착하자 신경숙 전문의는 이태석 신부 앞에서 서울 순천향대학병원에 근무하는 선배 유병욱 교수에게 당일 진료를 부탁하는 국제전화를 했

남수단에서의 마지막 모습
나이로비로 가는 비행기를 타기 전에 찍은 이 사진이 남수단에
서의 마지막 모습이 되었다.

다. 그리고 이태석 신부에게는 유병욱 교수의 휴대폰 번호를 알려주
면서 꼭 검진을 받으라고 신신당부했다. 이태석 신부는 알았다며 고
개를 끄덕였다. 신경숙 전문의는 그가 비행기에 오르기 전에 사진을
한 장 찍었다. 그러나 그때는 아무도 몰랐다. 그가 톤즈로 다시 돌아
오지 못할 줄은…….

암 진단을 받다

11월 20일, 톤즈의 아침은 여전히 평화로웠다. 신경숙 전문의는 진료 시작 전에 인터넷을 연결해서 메일을 확인했다. 그동안 이태석 신부에게 아무 연락이 없어 검사 결과가 괜찮은데 자신이 괜한 걱정을 했나 보다 생각하고 있었다. 그날은 드디어 메일함에 이태석 신부가 보낸 메일이 와 있었다. 그는 반가움 반, 걱정 반의 마음으로 편지를 열었다.

안녕하십니까, 자매님? 고생이 많으시죠? 저도 덕분에 잘 지내고 있습니다.
순천향대학병원에서 종합검진을 했고, 불행인지 다행인지 '대장암'이 있다고 판정이 났습니다.

CT도 하고 대장 조직 검사도 했습니다. 그래서 톤즈로 돌아가는 것은 적어도 몇 개월이 걸릴 것 같습니다. 모든 자료와 영상을 CD에 담아 다른 병원에서 재검할 예정입니다. 아직 100% 확실한 것이 아니기 때문에 절대 수단에선 아무도 알아선 안 됩니다. 아무에게도 아무런 말도 하지 마시기 바랍니다. 여기도 아직 아무도 모르고 있습니다. 기도 중에 기억해주십시오.

_ 이태석 신부가 신경숙 전문의에게 보낸 이메일(2008년 11월 20일)

신경숙 전문의는 억장이 무너지는 것 같았다. 주체할 수 없는 눈물이 흘러내렸다. 그는 병원 마당 한구석에서 환자와 직원 모르게 몇 시간 동안 울다가 그쳤다가 멍하게 앉아 있었다. 겨우 정신을 차리고 선배인 유병욱 교수에게 전화했다.

"선배님……."

"신부님께 연락받았구나. 신부님께서 너한테는 따로 말씀하신다고, 미리 말하지 말아달라고 신신당부하셔서 얘기 못 했어……."

"선배님, 신부님께서 저에게 보낸 메일에서는 아직 100% 확실한 것이 아니라고 그러시는데, 좀 더 자세히 말씀해주세요."

"신부님께서 어느 날 오후 검진받으시겠다고 내 핸드폰으로 연락을 하셨어. 그래서 일단 오시라고 했어. 너도 알겠지만 원래는 예약하고 대장 약을 미리 받아 검사 준비를 해야 하잖아. 그런데 바쁜데 짬을 내서 전화하셨으니 당일에 오시라고 한 거지……. 미리 준비를 못 하셨으니 대장내시경은 못 하고 기본 검진만 일단 진행했는데, 복부 초음파 중에 간에서 종괴가 많이 발견됐어……."

종괴mass는 비의학 용어로 종양이든 아니든 비정상적으로 생긴 덩어리를 뜻한다. 대장내시경을 했으면 이 종괴가 어떤 종류의 종양tumor인지 확실하게 알 수 있지만, 복부 초음파 검사였기에 일단 종괴로 파악한 것이다. 신경숙 전문의는 이런 경우 보통 다른 암에서 전이된 전이성 간암을 의심한다는 사실을 알고 있었다. 검진만으로 진단이 가능할 만큼 심각한 상태가 우리나라에는 그리 많지 않다는 것도 알고 있었다. 유병욱 교수는 신경숙 전문의에게 "복부 초음파를 하는 선생님이 많이 놀랐다"고 전했다.•

신경숙 전문의는 큰 한숨을 내쉬었다. 대장암이 간까지 전이된 상태인 것 같은데, 이태석 신부는 종괴가 100% 확실한 악성종양이 아닐 수도 있다는 실낱같은 희망을 가지고 자신에게 이메일을 보낸 것이다. 한국에 전화를 걸어 재차 확인한 이태석 신부의 상태는 매우 상황이 나쁜 대장암 말기였다. 다시 한번 가슴이 아려왔다.

신경숙 전문의는 의사답게 마음을 가다듬으며 이태석 신부에게 일정에 앞서 치료를 시작하라는 답장을 보냈다. 그러나 이태석 신부에게서는 답신이 없었다. 대신 11월 29일 동작문화복지센터에서 열린 '아프리카 수단 어린이를 위한 사랑음악회'에 참석해 행사를 진행했다는 소식만 들려왔다. 그는 다시 메일을 보냈다. 그러나 신경숙 전문의는 이태석 신부의 답장을 받지 못한 채 1년의 의료봉사 활동을 마치고 12월 9일 인천공항에 도착했다.

그는 1년 만에 만난 부모님과 안부 인사를 나눈 후, 이태석 신

• 2020년 5월 27일 신경숙 전문의의 증언.

237
IV 약속

부가 있는 대림동 살레시오 수도원으로 갔다. 수도원으로 가는 동안 머릿속이 복잡했다. '자신에게 닥친 상황을 알고 훨씬 힘들어하실 신부님을 아무렇지 않게 뵐 수 있을까?' 그는 어떻게 해야 할지 몰라 계속 눈물만 흘렸다. 그런데 대림동 수도원에서 만난 이태석 신부는 담담하고 의연했다.

"신 선생님, 1년 동안 고생 많으셨고, 이렇게 건강하게 돌아오셔서 기쁩니다. 고맙습니다."

"신부님…… 빨리 치료를 시작하셔야지요……."

"예, 원래는 다음 주에 톤즈로 가야 하는데, 며칠 후 1차 항암 치료를 시작합니다. 속이 상합니다……. 학교는 짓다 말고 왔고, 우물도 파다 만 곳이 있는데, 제가 없는 동안에도 잘 진행이 될지 그게 걱정입니다. 오라토리오 아이들도 보고 싶으니 하루빨리 치료를 마치고 톤즈로 돌아가야지요."

신경숙 전문의는 대장암 말기인 데다 이미 간으로 전이되기 시작했는데도 톤즈에 남겨두고 온 일을 못 하게 된 것을 속상해하고, 아이들이 보고 싶다며 톤즈로 돌아갈 생각만 하는 이태석 신부를 아득한 눈길로 바라보았다.

1차 항암 치료가 시작되었다. 이태석 신부는 하느님이 자신의 병을 낫게 해주시리라는 굳은 믿음이 있었다. 그는 지인들이 문병 오면 씩씩한 목소리로 말했다.

"제가 하느님과 더 가까워질 기회를 주신 것으로 믿습니다. 전보다 더 열심히 성체조배도 하고 기도하며 하느님께서 나를 사랑하고 계시다는 것을 확신하고 있습니다. 항암 치료를 받았지만 다행히 입맛도 당기고 소화도 잘됩니다. 톤즈에서 살 때 항생제를 먹지 않았기 때문에 항암 치료 약이 잘 듣는 것 같습니다."

그에게는 꼭 치유되어 다시 톤즈로 돌아갈 수 있을 거라는 믿음이 있었고, 그런 긍정적 생각이 투병 의지를 더욱 강하게 만들었다. 지인들과 선후배 수도자들에게도 "저를 기다리는 많은 아이와 형제자매들이 있는 톤즈를 하루에도 수십 번씩 다녀오곤 한다"며 톤즈를 그리워하는 마음을 토로했다.

투쟁의 계곡

2009년 1월 초, 해가 바뀌면서 이태석 신부는 2차 항암 치료를 마쳤다. 투병이 계속되면서 머리카락이 다 빠지고 있었다. 그래도 병세가 크게 호전되지 않자 어쩌면 톤즈로 돌아가지 못할지도 모른다는 생각이 자꾸 들어 불안하고 초조한 마음에 휩싸이곤 했다. 수도자들이 죽음의 문턱에서 겪는다는 '영적 투쟁'이었다.

그는 자신이 톤즈 선교 체험을 권한 샤이젠 신학생과 메신저를 통해 톤즈의 소식을 자주 물었다. 톤즈의 청소년들도 보고 싶었다. 그리고 자신의 병세를 이야기하며 "2차 항암 치료는 잘 마쳤는데, 예수님께서 기도하는 사람이 너무 많아 내 기도를 못 들으실 것 같다"며 안타까워했다. 샤이젠 신학생은 그런 소리 하지 말라면서 톤즈 성당의 모든 이와 신부님들이 계속 기도하고 있다며 위로했다.

"예수님께서 너무 많은 사람이 나를 위해 기도한다고 짜증 내시지 않을까?"

이태석 신부와 샤이젠 신학생의 **채팅 화면**

2009년 1월 4일, 2차 항암 치료 중에 이태석 신부가 톤즈에서 선교 체험을 하던 샤이젠 당시 신학생과 나눈 대화이다. 샤이젠 신부는 이태석 신부가 귀국 후부터 병세가 악화될 때까지 일주일에 한 번 정도 메신저로 대화를 나눴다고 밝혔다.

이태석   샤이젠, 잘 지내?

샤이젠   예, 신부님. 저는 잘 지내고 있습니다. 신부님은 좀 어떠세요?

이태석   나는 지금 2차 항암 치료를 위해 병원에 있어. 체력도 괜찮고, 식사도 잘하고 있어. 나를 위해 열심히 기도해줘.

샤이젠   예, 저도 열심히 기도하고 있고, 톤즈에서도 많은 분이 신부님을 위해 기도하고 있습니다. 하느님께서 기적을 만들어주실 거예요.

이태석   예수님께서 너무 많은 사람이 나를 위해 기도한다고 짜증 내시지 않을까?

샤이젠   아니에요. 신부님은 톤즈에 꼭 필요한 분이니 돌아올 수 있게 해달라고 기도드리면 예수님이 기뻐하시며 들어주실 거예요.

이태석   남수단의 청년들과 가난한 사람들이 그리워.

샤이젠   예, 그 마음 압니다, 신부님.

이태석   톤즈에서 나를 도와주던 젊은 봉사자들도 그리워.

샤이젠   모두들 신부님을 위해 열심히 기도하고 있어요.

이태석   샤이젠, 젊은 봉사자들에게 내가 보내는 사랑의 인사를 전해줘. 너도 신학교 잘 마치고 좋은 사제가 될 수 있기를 기도할게.

샤이젠   고맙습니다, 신부님. 우리 모두 신부님을 위해 기도하고 있으니 낙담하지 하세요.

이태석   그래, 고맙다. 다음에 또 연락하자.

항암제의 효과가 나타나는 듯하다가 아니기를 반복하자 이태석 신부는 마음이 불안해졌고, 한숨을 쉬는 횟수도 늘어났다. 빨리 효과가 나타나지 않는 상황에 조바심이 생기면서 그의 영적 투쟁은 점점 더 깊은 계곡으로 들어갔다.*

이태석 신부는 수도원에서 자신을 돌봐주는 위원석 수사 신학생(현재는 신부)에게 자신의 심정을 토로하곤 했다. 위원석 수사는 살레시오고등학교를 졸업하고 살레시오회에 입회해 혜화동에 있는 서울가톨릭대학교 대학원 과정을 밟고 있었다. 이태석 신부가 그를 처음 만난 건 15년 전인 1994년 봄, 첫 서원 후 광주가톨릭대학교에 복학했을 때였다. 그때 그는 신안동 살레시오 수도원 기숙사에서 대학을 다녔고, 고등학생이던 위원석 수사는 부모님의 전근으로 수도원 신학생 공동체에서 학교를 다니고 있었다. 이태석은 위원석 수사에게 수도자 성소가 있음을 알고 가까운 선후배 사이가 되었다.

원석아, 축하한다. 우리의 인생이 짧으면 짧다고 할 수 있겠지만, 주님 안에서 나 이외의 누군가를 위해서 우리의 인생을 불태울 수 있다면 얼마나 좋을까? 불우한 젊은이들을 위해 태우는 모닥불 중 하나의 장작으로 널 초대한다.

_ 이태석 신부가 위원석 수사에게 보낸 축일 카드(1994년 5월 30일)

• 이태석 신부의 영적 투쟁은 2020년 10월 23일 위원석 신부의 증언과 〈살레시오회 관구 소식지〉 106호(2010년 2월) 이태석 신부 선종 추모 기고 글 '내가 만난 이태석 신부'에 근거해 가감 없이 재구성했다.

그리고 2009년 이태석 신부가 톤즈에서 대림동 수도원에 왔을 때 위원석 수사도 마침 대림동 수도원에서 신학대학원을 다니고 있었다. 자연스럽게 그가 이태석 신부의 방을 오가며 간병하는 역할을 맡게 되었다. 이태석 신부는 말수가 적을뿐더러 함부로 속마음을 드러내는 편이 아니었지만, 오래전부터 알던 위원석 수사에게는 편하게 심경을 털어놓았다.•

이태석 신부는 자신이 점점 영적 투쟁의 계곡으로 떨어지는 것을 느끼면서, 자신을 붙잡기 위해 매일 새벽 성당에서 무릎을 꿇었다. 그리고 제대 뒤 십자가에 계신 예수님께 이런 병을 주신 하느님의 뜻이 무엇이냐고 계속 묻고 또 물었다. 그가 힘들어한다는 소식에 선배 신부들이 수도원의 좁은 방보다 편한 곳으로 옮겨 치료를 받으라고 권했지만, 그는 고개를 흔들었다.

"저는 제가 처음 성소의 꽃을 피운 대림동 수도원이 좋습니다. 이곳에서 아이들과 어울릴 때면 모든 고통이 사라지는 것 같습니다."

대림동 수도원은 그가 살레시안으로서 자신의 성소를 살아가기 위해 첫걸음을 내디딘 곳이기에 커다란 의미가 있었다. 수도자에게는 집이 곧 수도원이고, 수도원 형제들이 곧 가족이었다. 수도자들은 수도원을 가리켜 '우리 집'이라는 표현을 곧잘 한다. 이태석 신부

• 위원석 신부는 〈살레시오회 관구소식지〉 106호(2010년 2월) '내가 만난 이태석 신부'에서 다음과 같이 회고했다. 그는 당시 수사 신학생으로, 이태석 신부와 가장 가깝게 지냈다. "영적인 투쟁이 많았습니다. 아프리카로 다시 돌아가야 한다는 투쟁, 건강을 회복해야 한다는 투쟁, 모든 것을 할 수 있었는데 이제 아무것도 할 수 없다는 무력감에서 오는 가슴 아픔 등……. 아프리카로 갈 수 있다는 희망을 가지려 했고, 하느님께 매달려야 한다고 자주 이야기했습니다."

대림동 수도원의 형제들과 함께한 소풍

대림동 수도원의 돈 보스코 이벤트

대림동 수도원 형제들과 결성한 존스 밴드 공연

역시 수도원에 더 머물고 싶어 했고, 수도원 형제들과 함께 야유회도 가고 연례 피정도 다녀왔다. 대림동 수도원 형제들과 '존스 밴드'를 결성해 열정적으로 연습하고 연주했다. 그는 계속해서 여러 성당을 다니며 모금 공연을 했고, 언론과 인터뷰할 때마다 톤즈에 의료 봉사자가 필요하다고 강조했다.

하지만 항암 치료가 계속되면서 그의 체력은 점점 약해졌고, 정신적으로 무력감이 깊어졌다. 어느 날은 톤즈로 꼭 다시 돌아가기 위해 건강을 회복해야 한다며 마음을 다잡았다가, 또 어느 날에는 이제 아무것도 할 수 없다는 무력감에 빠지곤 했다. 수도원에서 청소년들과 운동하는 것도 점점 힘들어지고, 심지어는 자신이 좋아하는 노래를 부르는 것도 기운이 달렸다. 기타를 치기 위해 줄을 잡는 것조차 힘들 때면 위원석 수사에게 안타까움을 토로하곤 했다.

"원석아…… 아프리카에서 열심히 일했는데, 왜 나에게 이런 시련을 주시는 걸까?"

그럴 때마다 위원석 수사는 그의 이야기를 들어주며 위로를 건넸다. 그러나 시간이 지날수록 무력감은 아무것도 할 수 없게 됐다는 자괴감과 절망으로 바뀌었다. 자신이 믿고 의지하던 예수님이라는 친구를 잃어버린 것 같다는 생각까지 하게 되었다.

"원석아, 처음 아프리카에 갔을 때 예수님이라는 '친구'를 만나 힘들어도 힘든 줄 몰랐어……. 그런데 요즘은 그 친구를 잃어버린 것 같아……."

위원석 수사는 열심히 위로하고 기도했지만, 이태석 신부의 신경은 더 날카로워졌다. 위원석 수사에게 짜증을 내는 횟수도 늘었다. 특히 항암 치료의 고통이 극심할 때는 신경이 더욱 예민해졌다.

그렇게 여름이 될 무렵, 이태석 신부는 잠시 평정심을 회복했다. 그리고 7월 18일 위원석 수사에게 이메일을 보냈다.

오늘! 한동안 잊고 지내던 톤즈의 친한 친구 하나가 갑자기 생각났다. 그 친구만 생각하면 가슴이 뛰고 설레는데…… 왜 그리 깡그리 잊고 살았는지? 갑자기 생각나니 너무너무 보고 싶다!

하지만…… 오늘은 그 친구가 내 곁에 있음을 강하게 느낀다.

바로…… 주님이시다.

톤즈에 처음 막 도착했을 때…… 충격으로 무엇을 어떻게 시작해야 할지 모르고 멍하니 있을 때…… "걱정하지 마라! 내가 함께 있지 않느냐!"며 위로해주시던 감실 안의 바로 그 주님……. 질병과 가난으로 고통에 허덕이는 그곳 사람들의 중간에서 항상 떡 버티고 계셨던 바로 그 주님……. 그곳의 가장 버림받은 이들의 모습으로 오셔서 함께 아파하고 함께 괴로워하시던 바로 그 주님…….

죽어가는 사람들을 눈앞에 두고도 가진 것 없어 발을 동동 구르던 나의 두 손을 어마어마한 섭리로 가득 채워주셨던 바로 그 주님……. 톤즈에 폭탄이 떨어질 때…… 나와 함께 땅바닥에 엎드려 숨죽이고 있던 바로 그 주님…….

힘들다는 핑계로 그 친구에 대한 그리움까지 잊어버렸던 나 자신이…… 너무 부끄럽다.

"하늘나라에서 제일 가까운 곳이 톤즈"라며 자주 얘기하던 친구였는데…… 모든 어려움을 함께 지낸 만큼 그 우정 또한 보통 두터운 것

2009년 8월 쾌유를 기원하며 드린 미사에서

이 아니었는데…… 그 친구만 생각하면 가슴이 뛰고 설레는데……
왜 그리 깡그리 잊고 살았는지? 그 우정이 그립다! 그 친구가 그립
다! 그 주님이 그립다!
옆에 같이 계심을 느끼면서도 계속 그분이 그리워지는 건 왜일까?
태돌 형.*

_ 이태석 신부가 위원석 수사에게 보낸 이메일(2009년 7월 18일)

● '태돌'은 이태석 신부의 별명이다.

계속되는 항암 치료가 큰 효과를 보지 못하자 이태석 신부의 괴로움은 다시 심해졌다. 위원석 수사의 품에 안겨 "답답하다", "톤즈에 다시 갈 수 있을까"를 되뇌며 힘들어했다. 지인들이 찾아오면 진통제를 먹고서는 웃는 얼굴로 기타를 치며 노래도 했지만, 방에 돌아와서는 이불 속에서 통증으로 괴로워했다. 성당에서 기도하고 성당 주변을 돌면서 하느님을 찾다가도, 어느 날은 위원석 수사에게 왜 아픈 자신을 놔두고 학교에 가느냐는 등 억지를 부리고 화를 내기도 했다. 항암제를 오래 맞아 나타난 부작용 증세였다. 육체적으로도, 정신적으로도 고통스러운 나날이 이어졌다.

Everything is Good!

이해 가을, 의사는 이태석 신부에게 "암이 계속 커지고 항암제가 더 이상 듣지 않는다"고 말했다. 마음의 준비를 하는 게 좋겠다는 암시였다. 그 말을 듣는 순간, 그는 긴 한숨을 내쉬었다. 힘들게, 정말 힘들게 붙잡고 있던 실낱같은 희망의 끈이 사라져 온몸에서 기운이 쫙 빠져나가는 것 같았다.

그러나 그는 수도자였다. 성당에 가서 무릎을 꿇었다. 침묵의 기도, 눈물의 기도는 길었다. 그리고 고백했다. 이제 더는 억울해하지 않겠다고……. 나에게 이런 큰 시련을 주신 하느님께서 분명히 어떤 계획을 가지고 계심을 믿는다고……. 이제 당신의 뜻과 계획을 겸손히 따르겠다고…….

마음이 홀가분해지는 기분이었다. '그 친구'가 다시 자신에게 오는 것 같다는 생각이 들었다. 마침내 괴로운 영적 투쟁의 계곡에서 빠져나온 것이다. 이태석 신부는 맑은 가을 하늘을 올려다봤다. 그리고 며칠 전에 심하게 다툰 위원석 수사에게 그동안의 심정을 고백하고, 앞으로의 각오를 알리는 사과의 이메일을 보냈다.

원석아! '억울하게 얻은 암'이라는 부정적인 생각은 이제 안 하기로 했어! 멋있는 성직자가 되고 싶어. 그날 내가 왜 그렇게 화가 많이 났는지 나도 잘 모르겠어! 왜 그렇게 이상한 행동을 했는지도 다시 생각해보면 이해가 안 돼. 다시 솔직하게 말하는데, 내 일생에 처음 일어났던 일이거든. 나 스스로도 놀랐어. 예전엔 상상도 못 할 행동이었고, 핑계는 댔지만 사실은 나의 내면에서 표출된 행동이었어. 왜냐하면 정신은 말짱한 상태에서 극도로 화가 나 있었거든. 정확하게 말해서 그때 내 화의 대상은 원석이 네가 아니었다는 생각이 들어. 이면에 깔린 화의 대상은 따로 있었던 것 같아. 그러지 않아도 '하필이면 왜 내가……?', '재수 없이 젊은 나이에 암에 걸렸을까?', '하느님을 위해서 일하는 나에게 하느님은 왜 이리도 큰 시련을 주셨지?' 등등 원망들이 무의식적인 내면에 항상 깔려 있었는데, '내가 그리도 원망하는 병을 가지고 있기 때문에 이렇게 무시를 당하는구나'라는 생각에 순간 화가 벌컥 치밀어 오른 것이 아닌가 싶어! 나의 무의식적인 원망들이 그 사건을 통해 그때 폭발한 것 같아. 심리적으로 보면 오히려 잘된 일일 수도 있어. 나의 병에 대한 나의 무의식적인 생각이 어떤 것이었는지 이젠 알게 되었고, 폭발을 통해서 얻은 카타르시스 같은 것도 있었던 것 같고. 그러한 부정한 생각이 많이 가라앉았음을 느껴. 그래서 실제 나의 화의 대상은 나의 무의식 세계에 맴돌던 '억울하게 얻은 병'이었지, 원석이 네가 아니었다는 말을 하고 싶어.

이번뿐만 아니라, 전에 우리 사이에 있었던 다툼의 진짜 원인도 그때그때 일어난 작은 사건이 아니라, 바로 그 무의식적인 '억울하게 얻은 암'이라는 나의 부정적인 생각이 아니었나 하는 생각이 들기도 해. 요즘 들어 나의 행동과 사고의 수준이 어린아이들의 그것처럼 자꾸 퇴보하고 있는 것 같아 내가 왜 이렇게 변하지 걱정했고, 동생인 너에게 조금은 부끄러웠는데, 이제는 그 이유를 알 것 같아.

'억울하게 얻은 암'이라는 부정적인 세계에서 긍정적인 세계로 탈피를 해야 할 것 같아. 나에게 이런 큰 시련을 주신 하느님께서는 분명히 어떤 계획을 가지고 계실 거야. 이젠 진지하게 그 계획을 숙고하고 성찰해서 성숙된 성직자로서 멋있게 살고 싶어.

그동안 너그러이 그리고 친절하게 받아줘서 너무 고마워. 오후에 몇 시쯤 집에 돌아와? 돌아오자마자 내 방으로 초대하고 싶은데, 하여튼 꼭 알려줘!

아침에 "나도 아픈데 참고 있다"는 너의 말에 마음이 너무 아팠어. 내가 아픈 것만 생각했지 너를 아프게 한 나의 행동들이 너무 부끄러웠어. 미안해!! 기다릴게. 태돌 형.

_ 이태석 신부가 위원석 수사에게 보낸 이메일(2009년 10월 9일)

영적 투쟁을 끝낸 이태석 신부는 둘째 형의 권유로 양평의 꼰벤뚜알 프란치스코 수도원에서 단식과 생식 치료를 시작했다. 선종 3개

양평에서 노래를 부르는 이태석 신부

월 전이었다. 그는 이곳으로 지인들이 찾아오면 진통제를 먹고 가발 쓴 모습으로 휴대용 반주기에 맞춰 "이 생명 다하도록 / 이 생명 다 하도록 / 뜨거운 마음속 / 불꽃을 피우리라 / 태워도 태워도 / 재가 되지 않는 / 진주처럼 영롱한 / 사랑을 피우리라"라는 가수 윤시내 의 〈열애〉를 성가聖歌처럼 불렀다.

12월 17일, 그는 대한의사협회와 한미약품이 공동으로 제정한 국내 최대 의료 관련 상인 '한미 자랑스러운 의사상' 시상식에 참석 했다. 진통제를 맞고 참석해야 할 정도로 몸 상태가 좋지 않았지만, 그는 상금을 톤즈로 보내 고등학교 건축을 마무리해야 한다며 단상 에 올랐다. 그러고는 마이크 앞에서 "전문의도 아니고, 특별한 백신 을 개발한 것도 아니고, 불치병 환자를 고친 것도 아니고, 내세울 것

한미 자랑스러운 의사상 시상식　　　토마스 타반 아콧(좌), 존 마옌 루벤(우)과 함께

없는 자그마한 의술로 병원이 없는 곳에서 원주민들과 몇 년 지낸 것뿐인데, 훌륭한 분들이 받을 상을 훔쳤다는 생각에 죄책감마저 든다"며 겸손하게 수상 소감을 마쳤다. 톤즈에서는 그의 상금으로 고등학교 건축을 활발하게 진척시킬 수 있었다.

　사흘 후에는 이태석 신부의 주선으로 톤즈에서 한국으로 유학 온 존 마옌 루벤과 토마스 타반 아콧이 도착했다. 두 유학생은 인천 공항에 도착하자마자 이태석 신부를 만나러 왔다. 둘은 암 투병으로 야윈 그를 보고 눈물을 글썽였다.

　"신부님…… 많이 여위셨네요……. 톤즈의 학생들과 주민들이 신부님을 진정으로 그리워해요. 저희도 신부님이 아프시다는 말을 듣고 걱정을 많이 했어요. 하루빨리 쾌유하시길 바랍니다."

　"그래, 고맙다. 그리고 이렇게 한국에서 너희들을 만나니 반갑구나. 나는 괜찮으니 너희들은 걱정 말고 공부 열심히 해라. 힘든 일이 있어도 참아내면서……."

　이태석 신부가 힘에 겨운 듯 더 이상 말을 잇지 못하자 두 유학

노을을 바라보는 이태석 신부의 뒷모습

생은 목이 메어 대답을 못 했다. 그들은 훗날 인제대학교 의대에 진학했고, 2019년과 2020년의 의사 고시에 합격해 의사가 되었다.

2009년 해가 저물 무렵, 이태석 신부는 큰형님에게 전화해 의과대학 시절 6년 동안 등록금을 대줘서 고맙다는 인사를 했다. 어머니를 부탁한다는 인사였다. 가족들은 마음의 준비를 했다. 살레시오회에서는 '총고해'를 준비하기 시작했다. 이태석 신부는 대림동 수도원에서 성소 체험을 할 때 자신을 따뜻하게 맞아주고, 수련 기간에도 자신을 살레시오회 수도자로 이끌어준 노승피 신부에게 총고해를 부탁했다. 일생의 죄를 고백하는 마지막 고해성사였다. 총고해가 끝나자 노승피 신부는 이태석 신부에게 말했다.

"요한아, 아프리카로 돌아가는 것도 중요하지만, 하느님의 나라로 가는 것도 아주 중요하다."

노승피 신부는 눈이 충혈된 채 그의 손을 잡았다. 이태석 신부는 아무 말도 하지 못하고 눈물만 흘렸다.

2010년 1월 4일, 이태석 신부는 서울성모병원에 입원했다. 그의 병실 앞에는 '절대 안정' 팻말이 붙어 있었다. 그때 성모병원에서 4차 항암 치료를 받기 위해 입원해 있던 최인호 작가가 지나가다 쾌활하고 밝은 표정을 짓고 있는 그를 보고 인사하며 입원실 안으로 들어와 이야기를 나눴다. 최인호 작가가 4차 항암 치료를 받으러 왔다는 말을 하자, 이태석 신부는 "걱정 마세요. 나는 스무 번도 넘게 항암 치료를 받았습니다"라며 작가를 위로했다. 훗날 최인호 작가는 "하지만 정작 이태석 신부 자신은 생의 미련을 버리려는 듯 눈빛에

단호함이 서려 있었다"고 술회했다.

1월 13일 밤, 이태석 신부의 병실 안과 밖에는 어머니와 누나들 그리고 살레시오회 수도자들이 모여 그를 위한 기도를 하고 있었다. 그때 병실 안에서 이태석 신부가 마지막 남은 기력으로 허리를 세우고 "돈 보스코!" 하고 외쳤다. 그러고는 살레시오회 수도자를 바라보며 "Everything is Good(모든 일이 잘될 것입니다)!"이라고 말한 후 침대에 몸을 눕혔다. 살레시오회 창설자인 돈 보스코 성인에게 톤즈의 선교사 역할을 잘 마쳤음을 알린 것이리라.

잠시 후 이태석 신부는 혼수상태에 들어갔다. 병실에서는 가족들과 살레시오회 수도자들의 조용한 기도 소리가 흘러나왔다. 그리고 몇 시간 후, 병실에 들어온 의사가 그를 지켜보다 조용한 목소리로 말했다.

"2010년 1월 14일 05시 35분……."

톤즈의 선교 사제 이태석 신부는 하느님의 나라로 떠났다. 그의 나이 48세였다.

책을 쓰는 동안 많은 분의 도움을 받았다. 1년에 걸쳐 살레시오회가 보관하던 자료와 사진을 아낌없이 제공해주시고, 자문에 응해주신 이태석위원회 위원장 유명일 신부님께 깊은 감사를 드린다. 이태석 신부와 같은 시기에 살레시오회에 입회해 10년 동안 동고동락했던 살레시오회 백광현 신부님, 두 달에 걸친 이메일 인터뷰를 통해 이태석 신부가 톤즈로 가게 된 과정과 초기 생활을 생생하게 증언해주신 제임스 신부님과 공민호 수사님, 톤즈에서 의료봉사를 하면서 신부님의 마지막 1년을 지켜본 신경숙 가정의학과 전문의 선생님, 이태석 신부의 투병을 가까이에서 지켜본 위원석 신부님, 인제대학교 의대 동창분들, 부산 송도성당 시절 친구분들과 후배님들의 증언과 도움이 없었다면 '정본 전기'가 될 수 없었을 것이다. 깊은 감사를 드

린다. 아울러 책을 쓰는 동안 격려와 기도로 힘을 보태주신 (사)수단
어린이장학회 전 이사장 장동현 신부님께도 감사의 마음 가득하다.
취재와 자료 수집에 도움을 주신 모든 분께 다시 한번 감사드린다.

1962년 9월 19일 │ 부산 서구 남부민동 출생(부 이봉하, 모 신명남 슬하 4남 6녀 중 아홉째).

1978년 2월 │ 대신중학교 졸업.

1981년 2월 │ 경남고등학교 졸업.

1987년 2월 │ 인제대학교 의과대학 졸업.

1991년 4월 │ 육군 군의관 전역.

1991년 7월 │ 살레시오회 입회.

1992년 3월 │ 광주가톨릭대학교 편입.

1994년 1월 30일 │ 살레시오회 첫 서원.

1995년 1월 │ 서울 대림동 살레시오청소년센터에서 2년간 사목 실습.

1997년 1월 │ 로마 교황청립 살레시오대학교 유학.

1999년 6월 │ 여름방학을 이용해 케냐와 탄자니아에서 선교 체험. 이때 수단 톤즈에서
온 살레시오회 제임스 신부를 만나 선교 체험을 제안받음. 일주일 동안 톤즈를
방문해 선교 체험을 하고 로마로 돌아감.

1999년 12월 31일 │ 요한 바오로 2세 교황이 집전하는 저녁기도에서 복사를 선 후 제의
실에서 교황 접견.

2000년 4월 27일 │ 이탈리아 토리노에서 살레시오회 종신서원.

2000년 6월 28일 │ 로마 예수성심대성당에서 부제 수품.

2000년 11월 11일 │ 살레시오회 본부에서 2000년 대희년과 살레시오회 선교사 파견
125주년을 기념하기 위해 세계 각국으로 파견할 선교사 모집에 지원해서 선교
사 십자가를 수여받음.

2001년 6월 │ 교황청립 살레시오대학교 신학부 수료.

2001년 6월 24일 │ 서울 구로3동성당에서 사제 수품.

2001년 8월 27일 │ 서울 대림동 살레시오 수도원 성당에서 아프리카 선교 파견 미사 봉헌.

2001년 9월 │ 살레시오회의 가족수도회인 '예수의 까리따스 수녀회'에서 운영하는 순천
성가롤로병원에서 10여 년간 벗었던 의사 가운을 다시 입고 6주 동안 의료 실습.

2001년 10월 │ 아프리카 선교 파견. 케냐 북부에 있는 코톨렌고 선교병원에서 아프리카
풍토병에 대한 의료 실습.

2001년 12월 7일 | 아프리카 수단 톤즈에 부임.

2003년 12월 29일 | KBS 1TV 다큐멘터리 〈한민족 리포트〉 '아프리카에서 찾은 행복―
수단 이태석 신부' 편 방영.

2004년 1월 3일 | 이태석 신부의 조카 김규동이 '수단이태석신부님'이라는 인터넷 카페를
개설해 활동 시작.

2005년 11월 | 제7회 인제인성대상 특별상 수상.

2006년 1월 8일 | 인터넷 카페 '수단이태석신부님'을 (사)수단어린이장학회로 확대 개편.

2007년 3월 31일 | 제23회 보령의료봉사상 수상.

2008년 11월 | 휴가차 한국 귀국, 건강검진 중 대장암 4기 판정.

2009년 5월 20일 | 저서 《친구가 되어 주실래요?》(생활성서사) 출간.

2009년 12월 17일 | 제2회 한미 자랑스러운 의사상 수상.

2010년 1월 14일 | 선종(오전 5시 35분, 서울성모병원).

2010년 1월 16일 | 전남 담양 광주교구공원묘지 내 살레시오 묘역에 안장.

2010년 12월 | 제1회 KBS 감동대상 수상.

2011년 7월 | 제1회 국민추천포상 국민훈장 무궁화장 추서.

2011년 11월 | 외교부 이태석상 제정.

2013년 12월 | 한국과학기술단체총연합회 휴머니테리언상 수상.

2018년 11월 20일 | 남수단 대통령 훈장 추서.

인터뷰

황용연 신부 | 이태석 신부가 군의관 3년 차 때 다니던 천안 전의성당의 주임신부. 이태석 당시 군의관에게 사제가 되기를 권했다.

백광현 신부 | 이태석 신부와 같은 시기에 살레시오회에 입회해서 10년 동안 함께 공부하고 생활한 신부.

위원석 신부 | 이태석 신부가 투병하는 동안 가까이에서 생활한 당시 신학생 수사.

공민호 수사 | 이태석 신부에게 아프리카 선교 체험을 권유한 살레시오회 수사.

제임스 James Pulickal 신부 | 이태석 신부에게 톤즈 선교 체험을 권유한 인도 출신 선교사제. 톤즈에서 오랫동안 함께 생활했다.

샤이젠 Shyjan Job 신부 | 신학생 시절 이태석 신부에게 톤즈 선교 체험을 권유받은 사제.

박임수 | 이태석 신부의 고등학교·대학교 시절 친구.

이승태 | 이태석 신부가 중·고등학교 및 대학교 시절 친하게 지내던 송도성당 후배.

강영애 | 이태석 신부가 중·고등학교 및 대학교 시절 친하게 지내던 송도성당 후배.

이종기 | 이태석 신부의 인제대학교 의대 동기. 인턴 시기를 함께 보냈고 이태석 신부와 같은 시기에 군의관 생활을 했다.

안정효 | 이태석 신부의 인제대학교 의대 동기. 이태석 신부가 톤즈에서 선교 활동을 할 때 많은 이메일을 주고받았다.

신경숙 | 2007년 12월부터 2008년 12월까지 톤즈에서 의료봉사 활동을 한 가정의학과 전문의.

참고 도서

- 더글러스 H. 존슨, 최필영 역, 《수단 내전—원인, 실상 그리고 평화》, 양서각, 2011.
- 삐에라 카발리아, 이정자 역, 《돈 보스코의 예방교육》, 살레시오수녀회 한국 샛별 관구, 2007.
- 소 알로이시오, 박우택 역, 《가장 가난한 아이들의 신부님》, 책으로여는세상, 2009.
- 요한 보스코, E. 체리아 편, 김을순 역, 《돈 보스코의 회상》, 돈보스코미디어, 1998.

- 이태석, 《친구가 되어 주실래요?》, 생활성서사, 2009.
- 캐럴 벡위스·앤절라 피셔, 안지은 역, 《딩카―아프리카 수단의 전설적인 목부들》, 글항아리, 2016.
- 테레시오 보스코, 서정관 역, 《돈 보스코》, 돈보스코미디어, 2014.
- Jesse A. Zink, 《Christianty and Catastrophe in South Sudan: Civil War, Migration, and the Rise of Dinka Anglicanism》, Baylor University Press, 2018.
- Lisa Owings, 《South Sudan: Exploring Countries》, Bellwether Media, 2018.

참고 논문
- 백광현, 〈돈보스코의 정신과 이태석 신부〉, '톤즈의 돈 보스코, 이태석 신부의 삶과 영성' 심포지엄, 2011.
- 신경숙, 〈선교사, 이태석 신부〉, '톤즈의 돈 보스코, 이태석 신부의 삶과 영성' 심포지엄, 2011.
- 양승국, 〈이태석 신부의 영성〉, '톤즈의 돈 보스코, 이태석 신부의 삶과 영성' 심포지엄, 2011.

영상 및 기타 자료
- 살레시오회 이태석위원회가 제공한 이태석 신부 관련 살레시오회 소식지의 기사, 개인적인 편지 등 모든 문서와 자료(79GB).
- 〈울지마 톤즈〉, 감독 구수환, 2010.
- 〈울지마 톤즈 2: 슈크란 바바〉, 감독 강성옥, 2020.
- 〈한민족 리포트〉, '아프리카에서 찾은 행복 ― 수단 이태석 신부', 제작 KBS 1TV, 2003.
- 남가주 성령쇄신대회 촬영 영상, 제작 남가주성령연합봉사회, 2008.
- 김은향, '감동 다큐 〈울지마 톤즈〉 고 이태석 신부 어머니 신명남 씨가 처음 전하는 바보 아들 이야기', 〈우먼센스〉 2011년 2월호, 2011. 1. 23.
- 김한수, '친형 이태영 신부의 추모, "동생의 평생 꿈은 가난한 이들의 친구, 그의 삶 앞에서 우리 스스로 돌아봐야"', 〈조선일보〉, 2011. 1. 25.
- 송성철, '여러분 손길이 필요합니다', 〈의협신문〉, 2007. 10. 16.
- 안성모, '세상을 깨운 무한의 사랑', 〈시사저널〉 1107호, 2011. 1. 11.
- 이무경, '이태석신부, 仁術로 평화의 씨앗 뿌린다', 〈경향신문〉, 2004. 7. 14.

- 이태영, '사제의 해에 돌아보는 사제 — 사제 이태석(4)', 〈가톨릭신문〉, 2010. 7. 4.
- 임양미, '다시 시작하는 이태석: 이태석 1막 1장 — 삶과 신앙', 〈가톨릭신문〉, 2011. 1. 23.
- 하장수, '희망 인터뷰 — 이태석 신부', 〈메디컬업저버〉, 2008. 1. 4.

신부 이태석